唐五代词选注

龙榆生 ◎ 编注

人民文学出版社

图书在版编目(CIP)数据

唐五代词选注/ 龙榆生编注. —北京：人民文学出版社，2017

(恋上古诗词：版画插图版)
ISBN 978-7-02-013340-6

Ⅰ.①唐… Ⅱ.①龙… Ⅲ.①词(文学)-注释-中国-唐代②五代词-注释 Ⅳ.①I222.84

中国版本图书馆 CIP 数据核字(2017)第 224288 号

责任编辑：甘 慧 尚 飞
装帧设计：高静芳

出版发行 人民文学出版社
社　　址 北京市朝内大街 166 号
邮政编码 100705
网　　址 http：//www.rw-cn.com

印　　刷 山东德州新华印务有限责任公司
经　　销 全国新华书店等

开　　本 890 毫米×1240 毫米 1/32
印　　张 8
插　　页 2
字　　数 155 千字
版　　次 2017 年 10 月北京第 1 版
印　　次 2017 年 10 月第 1 次印刷

书　　号 978-7-02-013340-6
定　　价 38.00 元

如有印装质量问题，请与本社图书销售中心调换。电话：010-65233595

目次

唐五代词导论   1

王 维
阳关曲一首   13

李 白
清平调辞三首   16
菩萨蛮一首   20
忆秦娥一首   23
清平乐一首   26

元 结
欸乃曲三首   28

张松龄
渔父一首   31

张志和
渔歌子一首   33

韩 翃
章台柳一首   34

柳 氏
章台柳一首   35

韦应物

三　台一首　　　　　　　　　　36

调　笑二首　　　　　　　　　　37

顾　况

渔父引一首　　　　　　　　　　40

竹　枝一首　　　　　　　　　　41

王　建

三　台一首　　　　　　　　　　42

调笑令三首　　　　　　　　　　43

戴叔伦

转应曲一首　　　　　　　　　　46

刘禹锡

竹枝词九首　　　　　　　　　　47

杨柳枝五首　　　　　　　　　　55

浪淘沙三首　　　　　　　　　　58

潇湘神二首　　　　　　　　　　60

竹　枝一首　　　　　　　　　　62

抛球乐一首　　　　　　　　　　63

忆江南二首　　　　　　　　　　63

白居易

竹　枝二首　　　　　　　　　　66

浪淘沙一首　　　　　　　　　　67
忆江南三首　　　　　　　　　　68
长相思一首　　　　　　　　　　71
花非花一首　　　　　　　　　　72

温庭筠

菩萨蛮七首　　　　　　　　　　74
更漏子二首　　　　　　　　　　81
杨柳枝二首　　　　　　　　　　83
酒泉子一首　　　　　　　　　　84
定西蕃二首　　　　　　　　　　85
河渎神二首　　　　　　　　　　87
玉胡蝶一首　　　　　　　　　　89
梦江南二首　　　　　　　　　　90
河　传一首　　　　　　　　　　91
荷叶杯二首　　　　　　　　　　93

皇甫松

浪淘沙一首　　　　　　　　　　94
摘得新一首　　　　　　　　　　95
梦江南二首　　　　　　　　　　95
采莲子二首　　　　　　　　　　97
竹　枝六首　　　　　　　　　　99

抛球乐一首　　　　　　　102
杜　牧
八六子一首　　　　　　　103
司空图
酒泉子一首　　　　　　　105
韩　偓
生查子一首　　　　　　　107
浣溪沙一首　　　　　　　108
韦　庄
浣溪沙二首　　　　　　　109
菩萨蛮二首　　　　　　　111
归国遥二首　　　　　　　113
应天长一首　　　　　　　114
荷叶杯二首　　　　　　　115
清平乐二首　　　　　　　117
谒金门一首　　　　　　　118
天仙子二首　　　　　　　119
上行杯一首　　　　　　　121
女冠子二首　　　　　　　121
酒泉子一首　　　　　　　123
思帝乡一首　　　　　　　124

木兰花一首	125
小重山一首	127
薛昭蕴	
浣溪沙二首	129
小重山一首	130
牛　峤	
望江怨一首	132
定西蕃一首	133
江城子一首	133
张　泌	
临江仙一首	135
南歌子一首	136
河渎神一首	137
毛文锡	
醉花间一首	138
应天长一首	139
牛希济	
生查子一首	141
欧阳炯	
南乡子五首	142
江城子一首	144

西江月一首　　　　　　　　145

定风波一首　　　　　　　　145

木兰花一首　　　　　　　　147

和　凝

渔　父一首　　　　　　　　148

江城子二首　　　　　　　　149

顾　敻

河　传一首　　　　　　　　151

诉衷情一首　　　　　　　　152

浣溪沙二首　　　　　　　　152

荷叶杯一首　　　　　　　　154

醉公子一首　　　　　　　　155

孙光宪

浣溪沙一首　　　　　　　　157

菩萨蛮一首　　　　　　　　158

河渎神一首　　　　　　　　159

酒泉子一首　　　　　　　　159

八拍蛮一首　　　　　　　　160

竹　枝一首　　　　　　　　161

上行杯一首　　　　　　　　162

谒金门一首　　　　　　　　163

杨柳枝一首 163

渔歌子一首 164

魏承班

玉楼春一首 166

鹿虔扆

临江仙一首 167

阎 选

临江仙一首 168

八拍蛮一首 169

尹 鹗

菩萨蛮一首 170

金浮图一首 171

毛熙震

清平乐一首 173

菩萨蛮一首 173

李 珣

渔歌子二首 175

巫山一段云一首 177

南乡子九首 177

冯延巳

鹊踏枝四首 183

采桑子三首　　　　　　　　　　186

酒泉子一首　　　　　　　　　　188

清平乐一首　　　　　　　　　　190

醉花间一首　　　　　　　　　　191

应天长二首　　　　　　　　　　192

谒金门二首　　　　　　　　　　194

归自谣二首　　　　　　　　　　195

长命女一首　　　　　　　　　　196

喜迁莺一首　　　　　　　　　　197

抛球乐二首　　　　　　　　　　198

三台令三首　　　　　　　　　　199

点绛唇一首　　　　　　　　　　202

李　璟

摊破浣溪沙二首　　　　　　　　203

李　煜

虞美人二首　　　　　　　　　　206

望江南二首　　　　　　　　　　208

清平乐一首　　　　　　　　　　210

喜迁莺一首　　　　　　　　　　211

乌夜啼二首　　　　　　　　　　212

破阵子一首　　　　　　　　　　214

浪淘沙二首	216
菩萨蛮一首	219
临江仙一首	220
一斛珠一首	221

无名氏

凤归云二首	223
洞仙歌一首	225
破阵子一首	227
菩萨蛮五首	228
西江月三首	231
浣溪沙二首	233
临江仙一首	234
望江南二首	235
生查子一首	237
雀踏枝一首	237
送征衣一首	238
别仙子一首	239

唐五代词导论

一、词的特征和它的由来

词是依附隋、唐以来的新兴曲调,照着它的节拍来填上文词的新体抒情诗,是音乐语言和文学语言紧密结合的特种艺术形式。它本来叫作"曲子词"(见欧阳炯《花间集》序),或径称"杂曲子"(例如敦煌发现的《云谣集杂曲子》),或称"今曲子"(见王灼《碧鸡漫志》卷一),这都表明它和音乐的依存关系。它的长短参差的句法和错综变化的韵式,都得经受音律的严格限制和长期陶冶。因而作者所想表达的起伏变化的感情,必得与某一曲调的声情恰相适应。所以词是"填"的,而不是自由创作的(当然也有例外。南宋姜夔的自度曲,是"先率意为长短句而后协以律"的),一般叫作"倚声填词"。"声"是指各个曲调的音节,是由这个乐曲创作者的思想感情来决定它的形式,在轻重缓急的节奏上构成一个统一体,反过来影响歌词作者,必须选择适当的曲调,运用适当的手法,才能恰如其分地表达各种喜、怒、哀、乐的不同情感。它是沿着乐府诗"由乐定词"(元稹《乐府古题序》)的路线向前发展的。

我们要了解词的发生和发展,就得首先了解它所依的"声"之所从来;而这"声"之所从来,以及滋养它的土壤气候,又和当时的政治经济情况分割不开。《旧唐书·音乐志三》说:"自开元已来,歌者杂用胡夷里巷之曲。"这"胡夷里巷之曲",又大多数被同时所特设的教坊所采用。据崔令钦《教坊记》所载教坊曲名至325调之多。单就调名的意义来看,除一部分是外来的,如《苏幕遮》《龟兹乐》《菩萨蛮》《望月婆罗门》之类,其余大多数都是民间的创作。而这许多杂曲,又一般受到燕乐的影响。而燕乐的由来,却又以外来成分居多。郭茂倩说:

  隋自开皇初,文帝(杨坚)置七部乐:一曰西凉(今甘肃武威)伎,二曰清商伎,三曰高丽(今朝鲜)伎,四曰天竺(今印度)伎,五曰安国(今中亚的布哈拉)伎,六曰龟兹(今新疆库车)伎,七曰文康(疑即康国)伎。至大业中,炀帝(杨广)乃立清乐、西凉、龟兹、天竺、康国(今中亚的撒马尔罕)、疏勒(今甘肃疏勒)、安国、高丽、礼毕,以为九部。乐器工衣,于是大备。唐武德(高祖李渊年号)初,因隋旧制,用九部乐。太宗(李世民)增高昌(今新疆吐鲁番)乐,又造宴乐而去礼毕曲;其著令者十部:一曰宴乐,二曰清商,三曰西凉,四曰天竺,五曰高丽,六曰龟兹,七曰安国,八曰疏勒,九曰高昌,十曰康国,而总谓之燕乐。声辞繁杂,不可胜纪。(《乐府诗集》卷七九"近代曲辞")

为什么唐乐除清商号称"九代遗声"外,其余全是外来的呢?我们知道唐朝建国的李渊,原是陇西人,为北凉王李嵩的后裔。他家世代做着北魏和北周的官吏。唐承隋后,又是继承北朝的系统来统一中国的。隋高祖(杨坚)曾大骂:"梁乐,亡国之音,奈何遗我用耶?"(《隋书》卷一四《音乐志》)恶梁乐而喜胡声,这是北朝的习惯。在周武帝(宇文邕)时,有龟兹人苏祇婆跟着突厥皇后来到了北周。他是一个善弹胡琵琶的音乐家,而且精通乐理。隋时郑译把他所传来的琵琶七调加以改造,以符合中国固有的七声,这样在音乐理论上开始了一个新的系统。一直沿用到隋、唐、五代和北宋,所有教坊乐,都是从这个以胡琵琶为主的燕乐系统发展而来的。我们再看敦煌发现的唐写本琵琶谱,还保存着《倾杯乐》、《西江月》、《心事子》、《伊州》、《水鼓子》、《胡相问》、《长沙女引》(疑为"长命女引"之讹)、《撒金砂》等曲调;而且有的注明"慢曲子"和"急曲子";《倾杯乐》一调更分"慢曲子""重头尾""急曲子"等九段。从这里可以看出唐、五代词所依的"声",就是这个燕乐系统的杂曲,而各个曲调的声情是有急、有慢的。

由于唐太宗在扫平群雄之后,迅速实行了所谓均田制,一般农民都得到了耕地;水利和交通事业也都有了很大的发展,促进了农村经济的欣欣向荣。手工业和商业随着兴盛起来,使各大都市顿呈繁荣气象。大唐帝国的威力,在隋朝原有的基础上,不断向外发展,东到高丽、百济、新罗,西到高昌、龟兹、于阗、疏勒,南到南诏等地,很快就全成了唐帝国的属领。由于军事上和经济上的频繁接触,导致文化上的交流;于是印度、波斯等国的音乐舞蹈,除在周、隋间早有输入之外,又都不断地经由西域传来中国。这样就为创作新文化尤其是音乐艺术,提供了各方面的优越条件。自唐高宗(李治)以至明皇(李隆基)的开元年间,无论经济、文化等等,都达到了全盛时代。加上明皇喜歌舞、精音乐,既在西京(长安)置左、右教坊,培养歌舞人才;又选拔一部分优秀人物送进梨园,亲自教习,叫作"皇帝梨园弟子"。同时西域创造的大套舞曲,如《伊州》、《凉州》、《甘州》、《霓裳羽衣》(原名《婆罗门》)等,都陆续进献到了长安。这样吸取古今中外的精华,消融变化,使乐坛面貌为之一新。民间歌曲也就跟着风起云涌,造成"百花齐放"的局面。

有了这样丰富的新声曲调,也就为"倚声填词"创造了发展条件。但那些舞曲,原是有声无词的;而且《凉州排遍》多到二十四段,《霓裳羽衣》也有十二段。王灼就曾说过:"后世就大曲填词者,类从省略。"(《碧鸡漫志》卷三)我们且看郭茂倩所采唐人大曲,是怎样配上歌词去唱的。《伊州歌》有唱词十段,第三段是截取沈佺期《杂诗》的上半首:"闻道黄花(本集'花'作'龙')戍,频年不解兵。可怜闺里月,偏照(本集作'长在')汉家营。"(《乐府诗集》卷七九)《水调歌》有唱词十一段,第七段(入破第二)用的就是杜甫《赠花卿》七言绝句:"锦城丝管日纷纷,半入江风半入云。此曲只应天上去(本集'去'作'有'),人间能得几回闻?"(同上)也有截取李峤《汾阴行》的结尾"山川满目泪沾衣,富贵荣华能几时?不见只今汾水上,惟有年年秋雁飞"(《碧鸡漫志》卷四),作为《水调歌》中一段歌词的。这可看出"就大曲填词",在唐人也很少;只是由乐工杂采一些诗人们所写的五、七言诗,依其情调所近,勉强凑合着去唱而已。

我们看了"旗亭画壁"的故事,更证以王灼的说法:"唐时古意亦未全丧,《竹枝》《浪淘沙》《抛球乐》《杨柳枝》,乃诗中绝句,而定为歌曲。"(《碧鸡漫志》卷一)也可看出在燕乐曲调兴起之后,和它配合起来演唱的歌词,由五、七言诗转到长短句的词,是有一个过渡办法的。北宋沈括说:

> 诗之外又有和声,则所谓曲也。古乐府皆有声,有辞,连属书之,如曰"贺、贺、贺""何、何、何"之类,皆和声也。今管弦中之缠声,亦其遗法也。唐人乃以词填入曲中,不复用和声。(《梦溪笔谈》卷五《乐律一》)

这里所说的"和声",又叫作"泛声"。南宋朱熹说:

> 古乐府只是诗,中间却添许多泛声。后来怕失了那泛声,逐一添个实字,遂成长短句;今曲子便是。(《朱子语类》一四〇)

这两段话,都说明五、七言诗所以递嬗为长短句词的基本原因,是在音乐关系方面。

汉、魏、六朝乐府,已有由弥补声辞混杂的缺点进而演成长短句歌词的趋势。例如沈约《宋书·乐志》所载《东门行》、《西门行》等古词，以及梁武帝（萧衍）的《江南弄》等，都受到了曲调的制约，逐渐变成长短参差的句式。但是在燕乐杂曲繁兴之后，为什么不朝这个方向发展，反而采用唐代流行的五、七言律、绝诗，凑合着繁复的新兴曲调，颠三倒四地去唱，有如王维的《阳关曲》，"必三叠而后成音"呢？词和某些乐府诗，走的都是"由乐定词"的路线。但是唐、五代的长短句词，却不同于汉、魏、六朝的乐府诗。虽然一样的句式有长短，而词的长短句中，每一个字都受着平、仄声的严格限制，这却是齐、梁以来"声律论"逐渐严格应用到文学形式上去的结果。所以吾人研究词的发生和发展，不但要了解它和隋、唐新兴音乐的密切关系，同时也要了解它和五、七言近体律、绝诗的关系。词所依的"声"，是燕乐盛行以后包括"胡夷里巷之曲"在内的新声；而它所以能够和参差复杂的新兴曲调紧密结合之故，又是和五、七言近体诗的讲究平仄声韵，有着不可分割的血缘。我们明白了这一点，就可以了解唐人把某些"诗中绝句而定为歌曲"，和《花间》《尊前》等词总集兼收《竹枝》《杨柳枝》《浪淘沙》等七言绝句诗的道理。

　　只有劳动人民和曾受压迫的知识分子，是最富于创造性的。这批无名英雄不但创造了许多动人的乐曲，有如《教坊记》所采，留给后来词家以丰富的养料；而且在"倚声填词"的尝试方面，专家们也是远远落后于这批无名英雄的。我们只要看看《教坊记》所收杂曲，大多是开元以前或即开元年间的创作；而依照这些杂曲的节拍来填词的,除了一些诙谐小曲,如中宗(李显)时沈佺期等当筵奏过《回波乐》以相嘲弄献媚外,连真伪难辨的李白所写《菩萨蛮》《忆秦娥》等,也只寥寥可数。但从敦煌曲所保留的作品中,却可以看出有一部分可能出于开元间的无名作者之手。《云谣集杂曲子》中也已有了许多长调。从语言风格和思想感情上来看,可能有些是很早的作品。而这些长调,直到晚唐、五代,专家们却还是绝少尝试的。

参差复杂的新兴曲调,如果不经过许多无名英雄的大胆尝试,要想把它的"声"和"词"配合得十分恰当,是绝对办不到的。我们只要看看敦煌曲词中同一调名,而句式长短,往往有很大的出入;就是《花间集》中的专家作品,也有同样的情形。把同一曲调的歌词,构成普遍遵守的定格,这是经过许多专家不断加工提炼的结果。我们读唐、五代词,常遇到同一调名而字句多有差异的情况,这缘由是可以想象得到的。

二、唐、五代词的发展和它的主要内容

长短句歌词的发展,实际在明皇朝已具备了多方面的优越条件。但由于"安史之乱","渔阳鼙鼓动地来,惊破《霓裳羽衣曲》"(白易居《长恨歌》),逼使沉酣歌舞的李三郎(明皇)仓皇逃往成都;"梨园子弟散如烟"(杜甫《观公孙大娘舞剑器行》),乃至最负盛名的音乐家李龟年,也流落到了江南。诗人和乐家的接触机会,到这时已是很少的了。刚在萌芽中的新体歌词,受到这个重大挫抑,就不免要缩了回去。直到安史乱

平之后，社会秩序有了一些恢复；商业经济由于手工业的发达和国内外的贸易频繁而有了长足的进展，造成了许多繁华的都市，形成了广大的市民阶层。为了适应这些商业都市的要求，各种红楼酒肆、声色歌舞之场，促成了新兴歌曲的迅速发展。一时诗人自韦应物、王建、戴叔伦以至白居易、刘禹锡等，都或多或少地受到这个影响，开始依曲拍为句来填词。到了晚唐的温庭筠，因了他的"士行尘杂，不修边幅，能逐弦吹之音，为侧艳之词"（《旧唐书》卷一四一下），更是符合这个商业都市的生活条件和社会需要；所以他的写作就特别的多，成为后来花间词派"开山作祖"。

这"倚声填词"的风气一开，它那种子也就借着气候土壤的有利条件而迅速滋长起来。自唐末以至五代，中原地区迭经战火，不论农村经济和商业经济，都受到了严重的破坏。只有西蜀、南唐却还保持着相当的安定。词的种子，也就选择了这两块沃壤，向这两个地方茁壮生长起来。

西蜀自王建、孟知祥两建王朝，借着"成都天府之土"和手工业如织锦业等的特别发达，在商业经济上一直保持着繁荣都市的面貌。而且它是个"四塞之国"，可以关起门来，搞它的独立王朝，过着"歌舞升平"的日子。这样也就吸引了许多文士，如韦庄之流，投靠到这个小王朝来；同时把歌词种子也带到了西蜀。我们看了近年发现的王建墓中许多浮雕伎乐，就可以想象这些统治阶级和上层社会是怎样的留连歌舞，而这个新体歌词又是怎样的为这批人所喜爱，从而大大地发扬起来。后蜀赵崇祚所编的《花间集》共收了温庭筠、皇甫松、韦庄等十八家的作品。据欧阳炯所写的序文,当时"绮筵公子,绣幌佳人,递叶叶之花笺,文抽丽锦;举纤纤之玉指,拍按香檀。不无清绝之辞,用助娇娆之态"。这说明了《花间集》中的许多作品,究竟是为谁服务的问题。温庭筠把他自己写的词集题作《金荃》,王世贞说是"取其香而弱"(《艺苑卮言》词评),也是为了它是迎合市民阶层的心理,写给歌女们,敲起红牙板去唱的。所以除了欣赏它的艺术性外,很难找出它的政治性和思想性来。但《花间集》中也有不少题材,反映了自开元以来一般厌恶向外发动侵略战争和因商业经济特别发展、从而影响到两性间的生活苦痛,这还是有一定的社会意义的。有的作家饱经丧乱流离之痛,把所有难言之隐,托之于男女恩怨之词。韦庄词的不同于温庭筠,自有他的不同思想感情在。还有皇甫松、李珣、欧阳炯等描写南方风土的词,都是曾向民歌吸取过养料,给以提炼加工、富有生活气息的好作品。我们不能因为《花间集》中多数刻画女人情态,缺乏真实感情,而把它一笔抹杀。

南唐建国,拥有江南一带富饶之地,一直保持着"四十年来家国,三千里地山河""几曾识干戈"(李煜《临江仙》)的小康局面。这不但有利于农业经济和商业经济的发展,同时也有利于文学、艺术、音乐等的发展。由于中、后二主(李璟、李煜)都是爱好文艺而且自己也有深厚修养的文人,对这一方面的倡导,是不遗余力的。虽然这两个小王朝的统治者,尤其是李煜,和前蜀王衍、后蜀孟昶一样过着豪侈荒淫的生活;一面加深对人民的榨取,卑躬厚币以乞怜于周、宋强邻,希冀苟延"偏安江左"的残局;但在强邻压境之下,加以内部臣僚的互相倾轧,统治者也时时感到威胁,不能像陈叔宝一样"全无心肝"。所以反映在他们的词里的思想感情,是不会和《花间》作者相同的。南唐也曾设置教坊,加上后主和大周后的精通音律,为词的发展创造了优越条件。同时又有冯延巳那样一个杰出的作家,处在那样一种局面之下,尽管他的作品,多为"娱宾而遣兴"(陈世修《阳春集·序》),但"俯仰身世,所怀万端,缪悠其辞,若隐若晦"(冯煦《阳春集·序》),这种作风也是和花间派完全两样的。后主亡国以后,度着"此中日夕只以眼泪洗面"(王铚《默记》卷下)的俘囚生活。他把"自怨自艾"的沉痛心情,用高度艺术的手腕千回百折地表达出来,这样就突破了历来词家的成规,表现了作者的全部性格。近人王国维说:"词至李后主而眼界始大,感慨遂深。"(《人间词话》卷上)这评语是恰当的。二李、一冯,显示了南唐词的特色,下开北宋词坛之盛,是该特为一提的。

三、本编的取材和对读者的希望

唐、五代词,只有《花间集》和黄昇《唐宋诸贤绝妙词选》所收比较可靠。之外,还有《彊村丛书》中的《尊前集》和《金奁集》,以及朱彝尊的《词综》和王奕清的《词谱》,都是本编的主要来源。《全唐诗》附词、侯文灿所刻《十名家词集》中的《阳春集》和《南唐二主词》,以至近人任二北所编的《敦煌曲校录》,也都是本编的重要参考资料。

为了帮助读者了解唐"声诗"(主要是五、七言绝句)和长短句词的递嬗关系,以及"曲子词"也和它所依的"声"(曲调)同样是劳动人民的最先创作,一面兼采一些曾经入乐歌唱的专家绝句,如王维的《阳关曲》、元结的《欸乃曲》以及刘禹锡、白居易诸人的《竹枝》《杨柳枝》《浪淘沙》之类;一面又选一些敦煌发现的唐、五代无名作家的作品。至于《花间》作者,则除温、韦二大家外,侧重于作品的内容能够反映一些当时社会面貌和描写地方风土人情之作。在这二百多首作品中,虽然还不能概括唐、五代词的全貌,但作为欣赏和借鉴的资料,是勉强够用了的。

我们首先必须了解词是经过音乐的严格陶冶,由人为的而接近自然的特种诗歌形式,这样进而深入了解每一作品,不但要注意它的思想内容,同时要理解它的艺术形式,也就是要理解它的音乐性,是和它的整体分割不开的。

人们生活在那样一个长期的封建制度下,不合理的社会现象反映到作者的头脑里,产生着许多悲观、消极、不健康的思想感情,这是可以理解的。我们读了这类带有消极情绪的作品,只有加深对旧社会制度的憎恨,而避免受到它的感染;一面吸取它在艺术上的某些精华部分,用来丰富自己的创作。这选本中有丰富的养料,也还难免夹杂一些不够健康的东西,这是要读者注意分别着眼来看的。

唐、五代词的注释工作,过去不曾有人做过。而且词有"意内而言外"和"言在此而意在彼"的说法。有些作品,我们要真正了解它的用意所在,确是很不容易的事情。为了帮助读者对每一作品的体会,除解释字句外,约略点明题旨,间或加以内容分析。只是编者学识有限,一定存在不少错误的地方,恳请读者批评指正。

一九五八年六月十日,于上海。

王 维

王维(699—759),字摩诘,太原祁(今山西祁县)人。迁蒲(今山西永济)。开元九年(721)进士擢第,官至尚书右丞。他是一个多才多艺的文人,兼长诗、画,被称为"诗中有画,画中有诗"。他又精通音乐。所写的《送元二使安西》绝句,被乐家谱成《阳关曲》,流行得很广远。有《王右丞集》传世。

阳关曲①

渭城朝雨浥轻尘②,客舍青青柳色新。劝君更尽一杯酒,西出阳关无故人③!

注释

① 阳关曲:又叫《渭城曲》。刘禹锡诗:"旧人惟有何戡在,更与殷勤唱渭城。"白居易诗:"劝君且莫推辞醉,听唱阳关第四声。"都是指的这个曲子。它的唱法,据传除第一句只唱一遍外,其余三句,每句都得重复一遍,所以又叫《阳关三叠》。据《康熙词谱》卷一引元《阳春白雪》大石调《阳关三叠》词:"渭城朝雨,一霎浥轻尘,更洒遍客舍青青。弄柔凝,千缕柳色新。更洒遍客舍青青,千缕柳色新。休烦恼,劝君更尽一杯酒。人生会少。自古富贵功名有定分,莫遣容仪瘦损。休烦

《阳关曲》（渭城朝雨浥轻尘）

恼,劝君更尽一杯酒。只恐怕西出阳关,旧游如梦,眼前无故人!只恐怕西出阳关,眼前无故人!"这除了把第二句以下二十一个字都重复了一遍外,还添上了许多文理不很通顺的字句。从这里也可以看出唐人唱诗的方式,确是要添进许多所谓"虚声"或"泛声"才会美听的。清初李玉编的《一笠庵北词广正谱》在大石调中也收了这个《阳关三叠》,和上面所举,稍有不同的字句。现在流行的古琴谱,都收了这支古曲。最近还有译成五线谱刊行的本子。它的影响之大,也就可想而知了。

② 渭城:在今陕西西安西北。浥:音邑,入声,雨水沾湿。
③ 阳关:唐代国防要塞,和附近的玉门关同为出塞必经的路线。遗址在今甘肃省敦煌县西南。故人:老朋友。

题旨

抒写送别远行亲友的深厚情感。前半写时间、地点和触动离情的景物;后半慨叹远去边疆者的苦痛,显示依依不舍的心情。

标韵

"尘""新""人"叶三个平声韵。

李 白

李白(701—762),字太白,自号青莲居士,蜀郡昌明(今四川彰明)人。壮年爱弄刀剑,慕仙、侠,浪游四方。天宝初年,他从会稽(今浙江绍兴)转去长安。贺知章读了他的作品,惊叹为"天上谪仙人";把他推荐给唐明皇(李隆基),得到"供奉翰林"的职位。因为他瞧不起那批当权的人,遭到排斥。安禄山造反,明皇逃去成都,太子李亨做了皇帝。那时李白住在庐山(江西九江境内),曾应了明皇另一个儿子李璘(永王)的招聘,参加他的军事计划。璘事失败,白被放流到夜郎(今贵州桐梓)。后遇大赦,回到浔阳(九江)闲住。不久,去当涂(今属安徽),投靠族人李阳冰,就死在那里。李白是唐代最伟大的诗人之一,和杜甫并称"李杜"。他生在一个经济、文化发展到最高峰的大时代,外来音乐和民间歌曲正在结合消融,以进于创造,放出异样的光彩。可是诗人们迁就新兴曲调来填写歌词的风气,还没打开,所以那时的音乐家,只是选取有名的五、七言诗句,勉强配合着曲调去演唱,加上一些"泛声"作为救济的办法。李白原是喜欢乐府歌行的天才作家,经常自由地写出一些长短不齐的句子,这和新兴歌曲的新形式,是易于结合的。后蜀欧阳炯说道:"明皇朝则有李太白之应制《清平乐》调四首"(《花间集》序)。现存宋人所编《尊前集》选有白作《连理枝》一首、《清平乐》五首、《菩萨蛮》三首、《清平调》三首,虽然未必全部可信,但从长短句歌词的发展形势来看,李白偶然兴到,搞一些新的玩意儿如《菩萨蛮》《忆秦娥》之类,似乎也没有什么必须否定的理由吧。

清平调辞[①] 三首

云想衣裳花想容[②],春风拂槛露华浓。若非群玉山③头见,会向瑶台④月下逢。

注释

① 清平调:据王灼说,是就清调和平调中制作歌词,见于《碧鸡漫志》卷五。唐十部乐中,第二就是清商部。这清商部里面有所谓平调、清调、瑟调,总称清商三调。又有楚调和侧调,据说是周、汉旧声。唐明皇开元年间,宫廷内特别看重木芍药(牡丹)。一天,花开得异常美丽。明皇骑着一匹名叫"照夜白"的骏马,杨贵妃乘着步辇,一同来到沉香亭畔,观赏名花。还有一位音乐家李龟年,领了一队梨园子弟,准备着唱歌助兴。明皇高兴地说:"赏名花,对妃子,怎么能用陈旧的歌词呢?"于是命令李龟年,捧了金花笺,传达皇帝意旨,叫李白立刻撰写《清平调辞》三章;很快就配上了曲调,交给梨园子弟唱了起来,明皇还亲自吹着玉笛,作为伴奏(详见《碧鸡漫志》引《松窗杂录》)。这是三首七言绝句形式。把它配合曲调,演奏起来,必然也要夹杂着许多"虚声",和《阳关曲》的唱法是相仿佛的。《乐府诗集》把它收入"近代曲辞"一类,《尊前集》和《康熙词谱》也都收了,这都可以看出当时诗、词嬗递的痕迹。

② 云想句:意谓像彩云一般的衣裳,花朵一般的容貌。

③ 群玉山:又叫玉山,神话中所谓西王母的所在地。见《山海经》和《穆天子传》。

④ 瑶台:也是神仙所住的地方。屈原《离骚》:"望瑶台之偃蹇兮,见有娀之佚女。"

题旨

借仙人来比名花,再由名花的美丽烘托出杨妃天仙般的美丽。

标韵

"容""浓""逢"叶三个平声韵。

一枝红艳露凝香⑤,云雨巫山枉断肠⑥。借问汉宫谁得似?可怜飞燕倚新妆⑦!

注释

⑤ 露凝香:露水把花香凝结起来,更显得她的内美。
⑥ 云雨句:楚人宋玉在他所作的《高唐赋》中,描写楚襄王和巫山神女相遇的故事。神女对楚王说:"妾在巫山之阳,高丘之阻。旦为朝云,暮为行雨。朝朝暮暮,阳台之下。"这句是说对着这般娇艳的名花,就会感到那位楚王为了巫山云雨而相思肠断,未免太冤枉了。
⑦ 飞燕:汉成帝(刘骜)赵皇后,善歌舞,身轻和燕子一般。诗人常把她来和杨贵妃相比,叫作"燕瘦环(杨妃小字玉环)肥"。"新妆"上着一"倚"字,正是为了显示她的体态轻盈,和花朵当风一般,有攲侧的风度。

题旨

借神女和赵后来赞美牡丹的娇姿绝色,反映出杨妃的天然风度。

标韵

"香""肠""妆"叶三个平声韵。

名花倾国⑧两相欢,长得君王带笑看。解释春风无限恨⑨,沉香亭⑩北倚阑干。

注释

⑧ 倾国:喻绝代美人。汉武帝(刘彻)时,李延年想把他的妹妹推荐给这位"风流天子",趁着一个机会,唱了下面这支歌曲:"北方有佳人,绝世而独立。一顾倾人城,再顾倾人国。岂不知倾城与倾国,佳人难再得?"详见《汉书·外戚传》。倾,轰动的意思。

⑨ 解释句:忘怀一切的意思。意谓每个人在春风中容易引起年华难驻的感伤,就得设法去宽解消释。

⑩ 沉香亭:在长安唐宫内。

题旨

把花和人结合起来,归到正面的赞美妃子。这个斜靠在沉香亭北雕阑上面的美人,她的娇艳,恰和前两章所赞美的名花互相照映。这三章的结构是又严密,又空灵的。

标韵

"欢""看""干"叶三个平声韵。

菩萨蛮①

平林漠漠烟如织②,寒山一带伤心碧。暝色③入高楼,有人楼上愁。　　玉阶空伫立④,宿鸟归飞急。何处是归程?长亭连短亭⑤!

注释

① 菩萨蛮:唐教坊曲名。《杜阳杂编》:"大中(唐宣宗年号,公元847—858)初,女蛮国入贡,危髻金冠,璎络被体。号'菩萨蛮队'。当时倡优遂制《菩萨蛮》曲,文士亦往往声其词。"依照这一记载,这一外来舞曲的输入,还在李白逝世七八十年之后;所以有人怀疑李词是靠不住的。但在开元时人崔令钦著的《教坊记》中,早已有了这个曲名;或者这舞队的来中国,不止一次,有的从西北,有的从西南来。李白这词,曾被收入

《菩萨蛮》（平林漠漠烟如织）

《尊前集》和宋黄昇所编的《唐宋诸贤绝妙词选》;黄氏把它和《忆秦娥》并列,称"二词为百代词曲之祖"。

② 漠漠:形容暮烟笼罩的模样。如织,像织上一层布幕一般。

③ 暝色:暮色。暝,去声。

④ 伫立:久立。

⑤ 长亭连短亭:连,别本作"更",又作"接",并通。长亭、短亭是旅客歇脚的地方。古代在交通孔道上,十里置长亭,五里置短亭。

题旨

抒写志士漂流的悲感。上片(即上一段。词家叫作"片"或"遍")登楼远望,只看到暮烟笼住平林,现出一片荒凉景象;再过去就只一带寒山,遮住旅客的望眼,触起思乡情绪,所以不免伤心。下片看到投宿的鸟儿都在紧张地飞向巢里,怎能不引起自己无家可归的感叹?紧接一个疑问,不知什么去处是好?这"弦外之音",含蕴着无限的悲慨。

标韵

"织""碧"叶两入,"楼""愁"叶两平,"立""急"叶两入,"程""亭"叶两平。

忆秦娥①

箫声咽②,秦娥梦断秦楼月③。秦楼月!年年柳色,霸陵伤别④。　　乐游原⑤上清秋节,咸阳古道音尘绝⑥。音尘绝!西风残照,汉家陵阙⑦!

注释

① 忆秦娥:唐曲,或即李白所创。有入声韵和平声韵两体,必须有两个三言叠句。
② 箫声:借用春秋时代萧史和弄玉的故事。《列仙传拾遗》:"萧史善吹箫,作鸾凤之响。秦穆公有女弄玉,亦善吹箫。公以女妻之。"咽,哽咽不能成声,表示悲伤之极。
③ 秦娥:生长秦地(今陕西西安一带)的美女。秦楼:美女所住的地方。古乐府《罗敷艳歌》"日出东南隅,照我秦氏楼",是这个名词的来历。
④ 霸陵:汉文帝(刘恒)陵墓所在地,在今陕西西安东。有的本子作"灞桥",和上面的柳色两字相关,比较贴切。汉、唐都长安。所有送客的人,都送到灞桥(在霸陵附近灞水上)为止,折取柳枝,表示依恋。
⑤ 乐游原:在今西安市南,是当时西京附郭一个最高处,登临游玩的胜地。
⑥ 咸阳:在今西安市西北,原为秦置县,汉改渭城。音尘绝:断

《忆秦娥》(箫声咽)

绝音信。

⑦ 汉家陵阙:汉朝皇帝的陵墓和宫殿。

题旨

  抒写征妇怨情,对当时统治阶级的向外用兵,给以强烈而深婉的讽刺。刘熙载说它可能是在"明皇西幸后"的作品(《艺概》卷四),似乎不很恰当。上片是假设一个远离了伴侣的女性,晚上孤独地睡在楼中,被幽咽的箫声惊醒了,面对着楼前冷清清的明月,不免触起离情,从而埋怨明月为什么不教人们像它一样的圆满,反而一年年地映着青青杨柳,使孤栖的少妇只管想起那在灞桥送别时的凄惨情形。下片设想这个女性在寂寞凄凉的清秋时节,闲着无聊,也偶然去郊外的乐游原,登高散心。可到那里放眼一望,却只看到这一条漫长的咸阳古道,过去她那情人就是从这条路上远去的,而今却音信全无,怎能不使人唉声叹气?自己的爱人是消息杳然了!久立在凄紧的西风中,一片斜阳映射着远近高低的皇家陵阙,劳民黩武的结果一样悲凉,统治阶级这究竟是为了什么,要让无数征人一去不返,而平添了多少生离死别的哀怨!这和盛唐诗人们所写"闺怨""春怨"一类的题材一样,是当时普遍反战思想的表现。

标韵

  "咽""月""月""别""节""绝""绝""阙"叶八个入声韵。

清平乐①

　　禁闱②清夜，月探金窗罅③。玉帐鸳鸯喷兰麝④，时落银灯香炧⑤。　　女伴莫话孤眠，六宫罗绮三千⑥。一笑皆生百媚，宸衷⑦教在谁边？

注释

① 清平乐：唐曲，盛行于晚唐、五代、宋。这一首是《尊前集》所收李白《清平乐》五首之一。《词谱》拈出作例，认为是欧阳炯所称"李白有应制《清平乐》四首"之一，但没有确切的证据可以决定它的真伪。
② 禁闱：皇宫。
③ 罅：空隙。
④ 兰麝：香料。
⑤ 香炧：香油所结的灯焰。
⑥ 六宫：古代皇帝有六宫。罗绮三千：概说宫内妃嫔数目众多。
⑦ 宸衷：皇帝的心意。

题旨

　　描写宫女们的望幸心理。上片写深宫夜静时的感受，下片抒自怜、自慰的苦痛心情。

标韵

"夜""罅""麝""炧"叶四仄,"眠""千""边"叶三平。

元 结

元结(723—772),字次山,河南人。自称浪士,又号漫郎。他在任道州(今湖南道县)刺史时,曾写过《春陵行》和《贼退示官吏》等诗篇,完全站在人民立场讲话,被杜甫所赞扬。在《元次山文集》中有《欸乃曲》五首,是写给船夫唱的。《全唐诗》把它编入词类,和《竹枝》《杨柳枝》《浪淘沙》一类的民歌格调相仿,值得介绍。

欸乃曲① 三首

千里枫林烟雨深,无朝无暮有猿吟。停桡②静听曲中意,好是云山韶濩③音。

注释

① 欸乃:摇船用劲的声音。元结自序:"大历丁未(767)中,漫叟以军事诣都;使还州,逢大水,舟行不进,作《欸乃曲》五首。舟子唱之,盖欲取适于道路耳。"
② 桡:摇船用的楫。
③ 韶濩:殷商舞曲名。

题旨

描写山溪景色,衬托出摇船用劲声的哀怨而优美。

标韵

"深""吟""音"叶三平。

零陵郡④北湘水东,浯溪⑤形胜满湘中。溪口石颠⑥堪自逸,谁能相伴作渔翁?

注释

④ 零陵郡:郡治在今湖南零陵。
⑤ 浯溪:在今湖南祁阳西南,北入湘水。元结爱上了这地方的风景,后来就把家搬来,住在溪边,还写了一篇《浯溪铭》。浯,音吾。
⑥ 石颠:岩石顶上。

题旨

抒写自己对溪山栖隐的羡慕心情。

标韵

"东""中""翁"叶三平。

下泷⑦船似入深渊,上泷船似欲升天。泷南始到九疑郡⑧,应绝高人乘兴船⑨。

注释

⑦ 泷:奔湍直下的溪流。

⑧ 九疑郡:即零陵郡。南有九疑山,为虞舜葬地。

⑨ 高人乘兴船:用东晋王徽之雪夜访戴的故事。徽之曾在一个下着大雪的夜晚,突然上了一条船,沿着剡溪去访朋友戴逵。刚到戴家的门口,还没见着主人,突然又叫船夫载着他回去。旁人责问他,他却这样说:"乘兴而来,兴尽而去,何必见戴?"见《世说新语》。

题旨

感叹山溪行船的艰险。

标韵

"渊""天""船"叶三平。

张松龄

张松龄,金华人。据黄庭坚说,他怕他的弟弟志和"放浪而不返",和了他一首《渔父》词(见《山谷词·鹧鸪天》题注)。此外,未见其他作品。

渔 父[①]

乐在风波钓是间,草堂松桂已胜攀[②]。太湖[③]水,洞庭山[④],狂风浪起且须还。

注释

① 渔父:曲名,又叫《渔歌子》。
② 草堂句:意谓茅屋周围所种的树,都已长得很高,承受得住人们的攀折了。胜,读平声。
③ 太湖:面积号称三万六千顷,跨有江苏、浙江两省。有震泽、具区、笠泽等别名。
④ 洞庭山:在江苏省太湖中,有东、西两山,号称"洞天福地"。

题旨

放浪江湖,不如隐居岩穴的安稳。

标韵

"间""攀""山""还"叶四平。

张志和

张志和,字子同,金华人。自号玄真子。颜真卿任湖州(今浙江吴兴)刺史时,他曾对真卿说:"愿浮家泛宅,往来苕、霅间。"留下《渔歌子》一首,为历来词家所称诵。苏轼、黄庭坚等还曾把它演化成《浣溪沙》《鹧鸪天》等新曲。《尊前集》共收其《渔父》五首,除这一首外,大概都是后来人的和作。

渔歌子

西塞山①前白鹭飞,桃花流水鳜鱼肥。青箬笠②,绿蓑衣③,斜风细雨不须归。

注释

① 西塞山:在浙江吴兴磁湖镇。塞,读去声。
② 青箬笠:青箬叶制成的斗笠。箬一作"箬",竹类。
③ 绿蓑衣:莎草编成的雨衣。

题旨

描写渔家生活的超逸情调。

标韵

"飞""肥""衣""归"叶四平。

33

韩 翃

韩翃,字君平,南阳(今属河南)人。天宝十二载(753)进士,官至中书舍人。传说他曾恋爱过一个姓柳的歌伎,隔别三年,寄了一首词给柳,柳有和作。后来柳氏被番将沙叱利劫去,被虞侯(官名)许俊设法救了回来,仍给韩做成了夫妇。事详《太平广记》。

章台柳①

章台②柳,章台柳!昔日青青今在否?纵使长条似旧垂,也应攀折他人手。

注释

① 章台柳:唐韩翃创作,即用首句为调名。见《词谱》卷一。
② 章台:原在秦王宫内。汉代长安有章台街,就是它的遗址。

题旨

借咏柳表示爱人有被强权夺取的忧惧心理。

标韵

"柳""否""手"叶三仄。

柳　氏

章台柳

杨柳枝，芳菲节，可恨年年赠离别。一叶随风忽报秋，纵有君来岂堪折！

题旨

借咏柳表示青春易逝、自身难保的愁苦心情。

标韵

"节""别""折"叶三入。

韦应物

韦应物(737—?),京兆长安(今陕西西安)人。比李白、杜甫辈分略后。做过滁(今安徽滁县)、江(今江西九江)、苏(今江苏苏州)三州刺史。白居易很推崇他写的诗,说他"才华之外,深得讽谏之意;而五言尤为高远雅淡,自成一家"。他的词收在《乐府诗集》和《尊前集》中的,共四首。

三 台①

冰泮②寒塘始绿,雨余③百草皆生。朝来衡门④无事,晚下高斋⑤有情。

注释

① 三台:唐教坊曲名。有的说是汉末乐府中人所创作,献给蔡邕;有的说是晋代邺(今河南临漳)中乐工所创,是三十拍的促(急)曲,献给石虎,用来催劝饮酒。详见《乐府诗集》卷七五。唐天宝年间,羽调曲有《三台》,又有《急三台》。不知应物所用是哪一种。

② 冰泮:冰冻融化。

③ 雨余:即雨后。

④ 衡门:把一根木头横着作为门槛,表示贫民住宅简陋。

⑤ 高斋:洁静的书房。

题旨

抒写初春雨后的闲适心情。

标韵

"生""情"叶两平。

调 笑①二首

胡马②!胡马!远放燕支山③下。跑沙跑雪独嘶④,东望西望路迷。迷路,迷路!边草无穷日暮。

注释

① 调笑:商调曲。它是一种《抛打曲》(见白居易诗句注),唱来开玩笑的。别名《宫中调笑》《调笑令》。这个歌曲的特点,是先叶仄韵,中转平韵,后面又换仄韵,而且开端必定要用两个字的叠句,第五句最末两字又要掉转过来,作为下面两个二字叠句,这样"宛转相生",所以又叫"转应曲"。
② 胡马:胡人所养的马。胡,古代少数民族"北狄"的通称。

③ 燕支山：即焉支山，在今甘肃山丹东。《西河旧事》："焉支山水草茂美，宜畜牧，与祁连同。匈奴失祁连、焉支二山，乃歌曰：'亡我祁连山，使我六畜不蕃息。失我焉支山，使我妇女无颜色。'"

④ 嘶：马鸣声。

题旨

描写西北边疆的荒凉景象，借以反映当时戍卒的悲苦心情。

标韵

"马""马""下"叶三仄，"嘶""迷"叶两平，"路""路""暮"叶三仄。

河汉⑤，河汉！晓挂秋城漫漫⑥。愁人起望相思，塞北江南别离⑦。离别，离别！河汉虽同路绝！

注释

⑤ 河汉：天上的星河，又称"银河""银汉"。

⑥ 漫漫：长远的模样。

⑦ 塞北句：意谓征夫在塞北，思妇在江南，虽然同样看到天河，却是没有一条道路可以通向那里。

题旨

　　抒写征人妻子在秋夜思念征夫的愁苦心情,也是当时普遍反战思想的表现。

标韵

　　"汉""汉""漫"叶三仄,"思""离"叶两平,"别""别""绝"叶三入。

顾 况

顾况,字逋翁,海盐(今属浙江)人。至德二载(757)进士,官著作郎。后来隐居茅山(在江苏句容境),自号"华阳真逸",活到九十多岁。

渔父引[1]

新妇矶边月明,女儿浦口潮平[2],沙头鹭宿鱼惊。

注释

[1] 渔父引:唐教坊曲名。宋黄庭坚曾把顾氏这词和张志和的《渔歌子》合并起来,增减字句,改写一首《浣溪沙》:"新妇矶头眉黛愁,女儿浦口眼波秋,惊鱼错认月沉钩。 青箬笠前无限事,绿蓑衣底一时休,斜风细雨转船头。"可见顾作的影响之大。录自《词谱》卷一。

[2] 新妇矶、女儿浦:都是地名,未详所在。

题旨

描写对自然美的感受。

标韵

"明""平""惊"叶三平。

竹　枝①

帝子苍梧不复归②，洞庭叶下荆云飞③。巴人④夜唱竹枝后，肠断晓猿声渐稀。

注释

① 竹枝：本出"巴歈"，西南少数民族的民间歌曲。说详后刘禹锡《竹枝词》注。
② 帝子：指唐尧二女娥皇、女英，嫁给虞舜。相传舜去南方巡视，死在苍梧之野；二妃流落湘滨，死后成为水神。
③ 洞庭：即湖南洞庭湖。屈原《九歌》："嫋嫋兮秋风，洞庭波兮木叶下。"荆：《禹贡》九州之一。今湖北、湖南和贵州的东北部、四川的东南部，都是它的属地。
④ 巴人：周代有巴国，后为秦国所灭。这个少数民族在汉、唐时，散居湖北、湖南、四川三省的边境，现在很难分别他的后裔了。

题旨

用湘妃故事衬出竹枝歌曲的悲凉情调。

标韵

"归""飞""稀"叶三平。

王 建

　　王建,字仲初,颍川(今河南许昌)人。大历十年(775)进士,做过陕州(今河南陕县)司马等小官。他特别长于新乐府诗,关心劳动人民的疾苦,和张籍齐名,世称"张王乐府"。他的词流传下来的,有《三台》六首、《调笑令》四首,都收在《全唐诗附录》中,原见《乐府诗集》和《尊前集》。

三 台

　　扬州桥边小妇①,长干②市里商人。三年不得消息,独自拜鬼求神③。

注释

① 小妇:妾媵。
② 长干:里巷名,在今南京市南,有大长干、小长干,平民杂居之地。在唐代,却是商业繁荣的场所,李白也写过《长干行》。
③ 拜鬼求神:为的是希望薄情的商人能够回家。

题旨

　　讽刺商人重利,不顾家室的社会情形,反映了当时的现实。

标韵

"人""神"叶两平。

调笑令 三首

团扇①,团扇!美人病来遮面。玉颜憔悴三年,谁复商量管弦②?弦管,弦管!春草昭阳路断③!

注释

① 团扇:古代皇宫中所用的绢扇。汉代班婕妤所写的《怨歌行》,有"新裂齐纨素,皎洁如霜雪,裁为合欢扇,团团似明月"的句子,所以叫作"团扇"。她又说:"常恐秋节至,飙流夺炎热,弃捐箧笥中,恩情中道绝!"用它来比喻宫中美人的失宠。
② 管弦:管乐如笙、箫之类;弦乐如琴、瑟、琵琶之类。
③ 昭阳:汉殿名,在长安,原为汉成帝赵皇后(飞燕)所住。后来诗人们都借用作得宠妃嫔所住的地方。春草遮断了通往昭阳宫殿的道路,意思是说已没了再次得宠的可能。

题旨

为失宠宫人申诉苦痛心情。

标韵

"扇""扇""面"叶三仄,"年""弦"叶两平,"管""管""断"叶三仄。

胡蝶,胡蝶!飞上金花枝叶。君前对舞春风,百叶桃花树红。红树,红树!燕语莺啼日暮。

题旨

托兴胡蝶的飞舞,映出宫女们的悲惨遭遇。"金花枝叶"以比皇宫的华贵,"百叶桃花"以比宫女们的娇艳。尽管有"如花"的颜色,也难邀得君王的一顾,所以对着开满红花的桃树,听着"燕语莺啼",在黄昏落日中,只有自叹命薄而已。

标韵

"蝶""蝶""叶"叶三入,"风""红"叶两平,"树""树""暮"叶三仄。

杨柳,杨柳!日暮白沙渡口。船头江水茫茫,商人少妇断肠。肠断,肠断!鹧鸪[④]夜飞失伴。

注释

④ 鹧鸪:鸟名。鸣声好像在说"行不得也哥哥"。

题旨

描写商妇的悲苦心情,反映出商业兴盛对男女爱情生活的破坏。

标韵

"柳""柳""口"叶三仄,"茫""阳"叶两平,"断""断""伴"叶三仄。

戴叔伦

戴叔伦,字幼公,金坛(今属江苏)人。唐贞元(785—803)中,做过抚州(今江西临川)刺史,著有诗集。他的词只传《转应曲》一首,见《乐府诗集》。

转应曲

边草,边草!边草尽来兵老。山南山北①雪晴,千里万里月明。明月,明月!胡笳②一声愁绝。

注释

① 山南山北:当指天山(北祁连山)南北,在今新疆境内。唐代常派士兵到这一带驻扎,由安西都护府指挥。

② 胡笳:西北胡人所用乐器,取芦叶卷成管子,随口吹奏。汉张骞使西域,把它的曲调带回长安,作为军乐的一种。

题旨

描写当时远戍边疆的士兵生活,也是非战思想的表现。

标韵

"草""草""老"叶三仄,"晴""明"叶两平,"月""月""绝"叶三入。

刘禹锡

　　刘禹锡(772—842),字梦得,彭城(今江苏徐州)人。贞元九年(793)进士。他曾和吕温、柳宗元等交结王叔文,谋夺宦官兵柄,改革朝政。叔文败,坐贬朗州(今湖南常德)司马。在朗州十年,注意民间歌曲,使他的诗歌作风起了很大的变化。后来他以太子宾客分司东都(今河南洛阳),常与白居易唱和,号称"刘白"。他是有意采取新兴曲调来填词的作者,所以在他的诗集中,就有这样的标题:《和乐天〈春词〉,依〈忆江南〉曲拍为句》。又把其中两卷特别标上"乐府"名目,从《竹枝词》起,有《杨柳枝词》《浪淘沙词》《潇湘神词》《抛球乐词》《纥那曲词》等,和《忆江南》一起,都被郭茂倩编入《乐府诗集》的"近代曲辞"中,这正可看出唐代歌词由五、七言绝句过渡到长短句的明显痕迹。

竹枝词① 九首

　　白帝城②头春草生,白盐山③下蜀江清。南人上来歌一曲,北人莫上动乡情④。

注释

① 竹枝词:原是一种民歌,自被诗人采用后,多用来歌咏风土民情。刘禹锡曾有小序:"四方之歌,异音而同乐。岁正月,余来建平(今四川巫山),里中儿联歌《竹枝》,吹短笛,击鼓以赴

47

节。歌者扬袂睢(仰目)舞,以曲多为贤。聆其音,中黄钟之羽。其卒章激讦如吴声,虽伧伫不可分,而含思宛转,有《淇》《濮》之艳。"从这一段话中,可以想象到这一歌曲的演奏情况。

② 白帝城:在今四川奉节东白帝山。

③ 白盐山:在奉节东十七里,隔江与赤甲山对峙。

④ 北人句:谓北方人不要走上这里来,怕会触发思乡的情绪。

题旨

歌唱当地景物。

标韵

"生""清""情"叶三平。

　　山桃红花满上头,蜀江春水拍山流。花红易衰似郎意,水流无限似侬⑤愁。

注释

⑤ 侬:音农,古代南方女性自称。

题旨

感叹男女爱情的差别。

标韵

"头""流""愁"叶三平。

　　江上春来新雨晴,瀼西春水縠文生⑥。桥东桥西好杨柳,人来人去唱歌行。

注释

⑥ 瀼:水名,在奉节县东。縠:有皱纹的丝织品。这里形容被小风吹起的波纹。

题旨

歌咏春游盛况。

标韵

"晴""生""行"叶三平。

　　日出三竿春雾消,江头蜀客驻兰桡⑦。凭寄狂夫书一纸⑧,住在成都万里桥⑨。

注释

⑦ 兰桡:用木兰树做的船桨。这里指代船。

《竹枝词》（日出三竿春雾消）

⑧ 凭:托。狂夫:古代女子对薄情丈夫的称呼。
⑨ 万里桥:在四川成都市南,它的西面有杜甫的浣花草堂。

题旨

描述一时所见。

标韵

"消""桡""桥"叶三平。

两岸山花似雪开,家家春酒满银杯。昭君坊⑩中多女伴,永安宫外踏青来⑪。

注释

⑩ 昭君坊:纪念汉代王昭君(嫱)的地方,当在白帝城附近。
⑪ 永安宫:在白帝城。三国时,刘备死在这里。踏青:古代妇女到郊外去春游,叫作踏青。

题旨

描述当地风俗。

标韵

"开""杯""来"叶三平。

城西门前滟滪堆⑫,年年波浪不能摧⑬。懊恼⑭人心不如石,少时⑮西去复东来!

注释

⑫ 滟滪堆:瞿塘峡口长江中流的一块大石。堆旁水势湍急,激成漩涡。船行到此,常遭毁坏。所以当时有这样的歌谣:"滟滪大如马,瞿塘不可下。滟滪大如牛,瞿塘不可留。"

⑬ 摧:毁坏。

⑭ 懊恼:愤恨。

⑮ 少时:极短暂的时间。

题旨

慨叹当时社会人心的险恶。

标韵

"堆""摧""来"叶三平。

瞿塘嘈嘈十二滩⑯,此中道路古来难。长恨人心不如水,等闲⑰平地起波澜。

注释

⑯ 瞿塘:三峡之一,在奉节东南长江中;两岸峭壁高峙,江水怒

激,为全蜀江路的门户。嘈嘈:喧闹声。十二滩:在瞿塘峡中。滩:水浅流急之地。

⑰ 等闲:随便的意思。

题旨

同上一首。

标韵

"滩""难""澜"叶三平。

巫峡⑱苍苍烟雨时,清猿啼在最高枝。个里愁人肠自断,由来不是此声悲⑲。

注释

⑱ 巫峡:三峡之一,在四川巫山东,接湖北巴东县界。

⑲ 个里二句:翻用古渔歌。旅客来到这里,自然会感到愁肠寸断,原来不是猿声引起的。《水经注·江水》:"自三峡七百里中,两岸连山,略无阙处。重岩叠嶂,隐天蔽日。自非亭午夜分,不见曦月。每至晴初霜旦,林寒涧肃,常有高猿长啸,属引凄异。故渔者歌曰:'巴东三峡巫峡长,猿鸣三声泪沾裳。'"

题旨

抒写旅行巫峡中的客子心情。

标韵

"时""枝""悲"叶三平。

山上层层桃李花,云间烟火是人家。银钏金钗来负水⑳,长刀短笠去烧畲㉑。

注释

⑳ 钏:臂环,妇女套在臂上作为装饰之物。这一句是用两种装饰品代表山中妇女,不论贫富,都到山下背水上山,习惯于劳动生活。

㉑ 畲:火耕,即用火把枯草杂树烧掉,作为肥料。这一句是用两种器具代表山中男子从事刀耕火种的劳动生活。

题旨

描写山居农民的劳动生活。

标韵

"花""家""畲"叶三平。

杨柳枝[①]五首

南陌东城春早时,相逢何处不依依[②]。桃红李白皆夸好,须得垂杨相发挥[③]。

注释

① 杨柳枝:唐教坊曲名。据白居易诗注,是洛阳民间所创的新声歌曲。
② 依依:恋恋不舍。
③ 发挥:相映成趣。

题旨

赞美柳枝在春景中的地位。

标韵

"时""依""挥"叶三平。

金谷园[④]中莺乱飞,铜驼[⑤]陌上好风吹。城东桃李须臾[⑥]尽,争似[⑦]垂杨无限时?

注释

④ 金谷园:在今河南洛阳西北,晋代石崇所建。

⑤ 铜驼：在洛阳中阳门外。二铜驼如马形，夹道相向。
⑥ 须臾：极短暂的时间。
⑦ 争似：怎样能比。

题旨

赞美垂杨的耐久性。

标韵

"飞""吹""时"叶三平。

花萼楼⑧前初种时，美人楼上斗腰肢⑨。如今抛掷长街里，露叶如啼⑩欲恨谁？

注释

⑧ 花萼楼：在长安兴庆宫内。唐明皇在宫的西面和南面建筑的两座大楼，西面叫"花萼相辉之楼"，南面叫"勤政务本之楼"。
⑨ 斗腰肢：扭着腰身竞作舞态。
⑩ 啼：哭泣。

题旨

慨叹得意与失意时的不同情感。

标韵

"时""肢""谁"叶三平。

炀帝行官汴水滨⑪,数枝残柳不胜春。晚来风起花如雪,飞入宫墙不见人。

注释

⑪ 炀帝句:隋炀帝(杨广)刚即位不久,征发民夫十万,开邗沟,通入长江。自长江到江都(扬州),设置离宫四十余所。汴水,源出河南荥阳北,东流经中牟、开封等地。隋炀帝时,曾于两岸种柳,后来叫作"隋堤"。

题旨

凭吊隋宫的荒凉遗址。

标韵

"滨""春""人"叶三平。

城外春风吹酒旗⑫,行人挥袂⑬日西时。长安陌上无穷树,唯有垂杨管别离。

注释

⑫ 酒旗:酒家挂在高竿上的标帜。

⑬ 挥袂:古人衣袖很长,送别时高高扬起,表示惜别的意思。袂,衣袖。

题旨

赞美杨柳的多情。

标韵

"旗""时""离"叶三平。

浪淘沙① 三首

汴水东流虎眼文②,清淮晓色鸭头春③。君看渡口淘沙处,渡却④人间多少人!

注释

① 浪淘沙:唐教坊曲名。原用七言绝句体,五代时才有长短句小令,北宋教坊又演为长调慢词。
② 虎眼文:汴水混浊,有些像老虎眼睛的金黄色。

③ 鸭头春:淮水清澈,像鸭子头上的绿毛,在春天显得特别美丽。
④ 渡却:渡过。

题旨

感叹人生的漂泊。

标韵

"文""春""人"叶三平。

鹦鹉洲头浪飐沙⑤,青楼⑥春望日将斜。衔泥燕子争归舍,独自狂夫不忆家。

注释

⑤ 鹦鹉洲:在湖北汉阳西南长江中。飐:受风摇曳的模样。
⑥ 青楼:古代泛称指少妇所居,后来改称妓院。

题旨

抒写少妇怀人的悲感。

标韵

"沙""斜""家"叶三平。

日照澄洲江雾开,淘金女伴满江隈⑦。美人首饰侯王印,尽是沙中浪底来⑧!

注释

⑦ 淘金:金粒杂在沙砾中,取沙在水中荡漾,因而得出纯金。江隈:水曲。
⑧ 美人二句:贵族妇女头上所戴的金饰和王公贵族腰间所佩的金印,都是劳动人民千辛万苦得来,而被剥削阶级榨取了去的。

题旨

这对淘金妇女的劳动果实被剥削阶级夺取了去,致以严肃的指责。

标韵

"开""隈""来"叶三平。

潇湘神①二首

湘水流,湘水流,九疑云物至今愁。君问二妃何处所②?零陵香草露中秋。

注释

① 潇湘神:纪念虞舜二妃的歌曲。潇、湘二水皆在湖南境内。
② 何处所:在什么地方。

题旨

　　描述二妃流落湘滨的哀怨心情。从湘水的依旧长流,想起当年的舜妃,对着九疑山的云物,想起她的丈夫(舜)为了关心人民疾苦,到南方来巡视,死在这里,弄得自己也回不了家乡。这种凄凉情况,直到几千年后还使人们感到难受。你如果要问二妃的灵魂究竟到什么地方去了,那么只要想象那虞舜坟头的香草含着露珠,忍受悲凉的秋气,就不难猜测了。

标韵

"流""流""愁""秋"叶四平。

　　斑竹③枝,斑竹枝,泪痕点点寄相思。楚客欲听瑶瑟怨④,潇湘深夜月明时。

注释

③ 斑竹:即湘妃竹。相传舜死后,二妃将投湘水自尽,遥望苍梧下泪,泪点滴在竹茎上,都成了斑点。
④ 楚客:原称楚人宋玉,后来作为落拓文人的泛称。瑶瑟:美玉装饰的古乐器,有二十五弦。唐钱起写过《湘灵鼓瑟》诗。

题旨

抒写湘灵心事,言外寓自伤流落之感。

标韵

"枝""枝""思""时"叶四平。

竹　枝

杨柳青青江水平,闻郎江上唱歌声。东边日出西边雨,道是无晴还有晴①。

注释

① 晴:和"情"字谐声双关。

题旨

抒写恋情。

标韵

"平""声""晴"叶三平。

抛球乐[①]

春早见花枝,朝朝恨发迟。及看花落后,却忆未开时。幸有抛球乐,一杯君莫迟。

注释

① 抛球乐:唐教坊曲名。唐人风俗,在宴会时,抛球为"令",随唱歌词。

题旨

抒写当春行乐的感想。

标韵

"枝""迟""时""迟"叶四平。

忆江南[①] 二首

春去也!共惜艳阳[②]年。犹有桃花流水上,无辞竹叶醉尊前[③]。惟待见青天[④]。

注释

① 忆江南:唐李德裕在浙西时为亡妓谢秋娘作。又名"江南好""望江南"。

② 艳阳:艳丽的春光。

③ 竹叶:酒名。尊:酒杯。

④ 青天:晴天。

题旨

抒写留恋春光的情感。

标韵

"年""前""天"叶三平。

　　春去也!多谢洛城⑤人。弱柳从风疑举袂⑥,丛兰裛露似沾巾⑦。独坐亦含颦⑧。

注释

⑤ 洛城:洛阳城。

⑥ 弱柳句:意谓柔软的柳条因风摇摆,好像挥起长袖,向人们表示惜别。

⑦ 丛兰句:意谓丛生的兰草,含着露珠,好像泪点沾满了手帕。

⑧ 含颦:愁眉泪眼。

题旨

抒写惜春情绪。

标韵

"人""巾""颥"叶三平。

白居易

白居易(772—847),字乐天,祖籍太原,迁住下邽(今陕西渭南)。贞元十四年(798)进士,官至左拾遗。在壮年时,他和好友元稹倡导"诗歌合为事而作",作了很多"讽谕诗",受到权贵们的嫉视,贬官江州(今江西九江)司马。他写了一篇《琵琶行》,抒发"同是天涯沦落人"的伤感。从此,态度转趋消极,以"乐天""知足"自警;但他同情广大人民是始终不渝的。他的诗也多接近口语。晚年寄住洛阳,过着悠闲的生活,自称香山居士,又号醉吟先生。他和刘禹锡都是注意民间歌曲,有意学习新兴长短句形式的伟大诗人。

竹 枝 二首

瞿塘峡口水烟低,白帝城头月向西。唱到竹枝声咽①处,寒猿闲鸟一时啼。

注释

① 咽:哭泣声梗塞在喉咙间。

题旨

赞叹"竹枝"歌曲的凄怨动人。

标韵

"低""西""啼"叶四平。

巴东船舫上巴西②,波面风生雨脚③齐。水蓼冷花红簇簇④,江蓠湿叶碧凄凄⑤。

注释

② 巴东:巴峡的东面。长江自巫山入巴东(县名)为巴峡。

③ 雨脚:雨丝飘在水面,有似脚跟下垂。

④ 蓼:草名,生水涯,秋开红花。簇簇:形容花团丛聚。

⑤ 江蓠:香草。《离骚》:"扈江蓠与辟芷兮。"凄凄:形容草色的湿润。

题旨

描写峡中的风物。

标韵

"西""齐""凄"叶三平。

浪淘沙

白浪茫茫与海连,平沙浩浩四无边。暮去朝来淘不住,遂令东海变桑田①!

注释
① 遂令句:《列仙传》:"麻姑谓王方平曰:'接待以来,已见东海三为桑田。'"令读平声,作"使"字解。

题旨
感叹事物的不断迁移变化。

标韵
"连""边""田"叶三平。

忆江南 三首

江南好,风景旧曾谙①。日出江花红胜火,春来江水绿如蓝②。能不忆江南?

注释
① 谙:熟习。
② 蓝:草名,叶可制染料。

《忆江南》（江南好）

题旨

追忆江南春景的美丽。

标韵

"谙""蓝""南"叶三平。

江南忆,最忆是杭州。山寺③月中寻桂子,郡亭枕上看潮头④。何日更重游?

注释

③ 山寺:指杭州灵隐寺。
④ 郡亭:杭州刺史衙内的亭子。居易曾任杭州刺史,疏浚西湖,
   建筑白堤。潮头:钱塘江潮。

题旨

追忆杭州秋景的壮丽。

标韵

"州""头""游"叶三平。

江南忆,其次忆吴宫⑤。吴酒一杯春竹叶⑥,吴娃双舞醉芙蓉⑦。早晚得相逢。

注释

⑤ 吴宫:在苏州,春秋时吴王夫差所建。这里泛指苏州。

⑥ 竹叶:原是一种酒名,这里也说酒的颜色绿得像春天的竹叶一般。

⑦ 娃:美女。醉芙蓉:形容她们的颜色,如荷花般的艳丽。

题旨

追忆苏州的娱乐生活。

标韵

"宫""蓉""逢"叶三平。

长相思①

汴水流,泗水②流,流到瓜洲③古渡头。吴山点点愁。　思悠悠④,恨悠悠,恨到归时方始休。月明人倚楼。

注释

① 长相思:原是六朝以来的乐府杂曲,用"长相思"三字开端;到

白居易才成了一种定式。

② 泗水：源出山东泗水陪尾山，流经曲阜、徐州等地，至清河县入淮。它的支流和汴水合。

③ 瓜洲：在江苏江都南，当运河口，隔江与镇江相对。吴山：指镇江境内的山。

④ 思：读去声，作心事讲。悠悠：形容不断的心事。

题旨

抒写旅客漂流的苦痛心情。

标韵

"流""流""头""愁""悠""悠""休""楼"叶八平。

花非花①

花非花，雾非雾。夜半来，天明去。来如春梦不多时，去似朝云无觅处。

注释

① 花非花：见《白氏长庆集》，以首句为调名。采入《词谱》卷一。

题旨

描写一段幻想。

标韵

"雾""去""处"叶三仄。

温庭筠

温庭筠,本名岐,字飞卿,太原人。《旧唐书》说他"士行尘杂,不修边幅。能逐弦吹之音,为侧艳之词"。他曾代宰相令狐绹写作《菩萨蛮》词二十首,献给唐宣宗(李忱)。事后他在外泄露了这一秘密,引起了令狐绹的怨恨,因而抑郁不得志,只做过国子助教和方城尉。他的诗和李商隐齐名,世称"温李"。由于他精通音律,于是转换方向来填词,提高了词这种新兴形式的艺术价值,成了"花间"词派的开创者,和韦庄并称"温韦"。他的词虽然脂粉气太重,但对当时妇女们细致曲折的心理变化,描摹得异常深刻。他的《金荃集》早就失传了,现存《花间集》的作品,还有六十六首之多,是唐、五代词中一份最重要的遗产。

菩萨蛮 七首

小山重叠金明灭①,鬓云欲度香腮雪②。懒起画蛾眉③,弄妆梳洗迟。　　照花前后镜,花面交相映。新贴绣罗襦④,双双金鹧鸪⑤。

注释

① 小山:屏山,也有人说是山枕。这句说早上的太阳,映射在屏风上,现出闪闪烁烁的光彩。

② 鬓云:浓云一般的鬓发。香腮雪:雪一般白的双颊。这句说

美人早起还没梳妆之前，蓬松乌黑的鬓脚，将要把雪白的面庞遮掩住了。

③ 蛾眉：弯曲细长的蚕蛾触须，比喻女子长而美的眉毛。《诗经》："螓首蛾眉。"

④ 贴：熨帖。绣罗襦：绣了花的短罗衫。

⑤ 金鹧鸪：金线绣的鹧鸪鸟。

题旨

描写春闺少妇晨起梳妆时的心理变化。上片从卧床写到起身，下片从簪花、照镜写到更换衣服，只在"懒""迟"二字上面透露她的心情。结句更用"双双"二字映出她的孤单，便把整个意境，像画一般地烘托出来了。这一类题材，从盛唐诗人所常歌咏的"宫怨""闺怨"发展而来，把辞句修饰得十分美丽，反映出过去经济不能独立的妇女，只能过着这种苦闷无聊的生活。清人张惠言把温氏保留在《花间集》中的十四首《菩萨蛮》，都说是"感士不遇"的一套完整组织，不免有些牵强附会，但也不能说它完全没有别的寄托，这只好让各人自己去体会了。

标韵

"灭""雪"叶两入，"眉""迟"叶两平，"镜""映"叶两仄，"襦""鸪"叶两平。

水精帘里颇黎枕⑥,暖香惹梦鸳鸯锦⑦。江上柳如烟,雁飞残月天。　藕丝秋色浅⑧,人胜⑨参差剪。双鬓隔香红⑩,玉钗头上风⑪。

注释

⑥ 水精帘:水晶制作的帘子,是透明的。颇黎枕:玻璃制作的枕头,是清凉的。

⑦ 鸳鸯锦:绣了鸳鸯的锦被。因了锦被的暖而且香,进而惹出梦境。

⑧ 藕丝:指罗衫。

⑨ 人胜:古人剪彩作各种形象,叫作旛胜,是插在头发上的。

⑩ 香红:发上所簪的花。

⑪ 风:形容钗光和花光都在摇颤。

题旨

刻画少妇深夜怀人和晨起弄妆的娇憨情态。上片由室内到室外,由入梦转到梦中所见景物;下片由衣饰转到妆成后的意态,不免顾影自怜。

标韵

"枕""锦"叶两仄,"烟""天"叶两平,"浅""剪"叶两仄,"红""风"叶两平。

杏花含露团香雪⑫,绿杨陌上多离别。灯在月胧明⑬,觉来⑭闻晓莺。　玉钩褰翠幕⑮,妆浅旧眉薄。春梦正关情,镜中蝉鬓轻⑯。

注释

⑫ 团香雪,形容饱含露水的杏花,凝作一团,既香又白。

⑬ 胧明:残月的光辉。

⑭ 觉来:醒来。

⑮ 褰翠幕:挂起绿色的帷幕。

⑯ 蝉鬓轻:薄如蝉翼的双鬓,有因苦闷之极,头发都稀疏轻飘了的缘故。

题旨

描写春闺少妇的苦闷心情。上片从睡醒在床想象着户外情景;下片从起身照镜归结到人瘦发稀,写得异常细致。

标韵

"雪""别"叶两入,"明""莺"叶两平,"幕""薄"叶两入,"情""轻"叶两平。

玉楼明月长相忆,柳丝袅娜⑰春无力。门外草萋萋⑱,送君闻马嘶。　画罗金翡翠⑲,香烛销成泪⑳。花落子规㉑啼，绿窗残梦迷。

注释

⑰ 袅娜：长而弱的模样。
⑱ 萋萋：草茂盛的模样。
⑲ 金翡翠：罗幕上金线绣的小鸟。
⑳ 泪：蜡烛上流下的油。
㉑ 子规：杜鹃鸟。

题旨

描写幽闺少妇离别伤春的悲凉情绪。上片追忆别时情景，下片描写当前苦闷。

标韵

"忆""力"叶两入，"萋""嘶"叶两平，"翠""泪"叶两仄，"啼""迷"叶两平。

牡丹花谢莺声歇，绿杨满院中庭月。相忆梦难成，背窗灯半明。　　翠钿㉒金压脸，寂寞香闺掩。人远泪阑干㉓，燕飞春又残。

注释

㉒ 翠钿:首饰,点了翠的金花。
㉓ 阑干:泪流满脸的样子。

题旨

　　和前阕相同。上片因春尽而自伤孤独,相伴只有孤灯;下片由晨妆而怀念远人,转觉不如双燕;这种情景交融、语脉相通的地方,是值得仔细体会的。

标韵

　　"歇""月"叶两入,"成""明"叶两平,"脸""掩"叶两仄,"干""残"叶两平。

　　南园满地堆轻絮,愁闻一霎㉔清明雨。雨后却斜阳,杏花零落香。　　无言匀睡脸,枕上屏山㉕掩。时节欲黄昏,无聊独倚门。

注释

㉔ 一霎:极短暂的时间。
㉕ 屏山:和山字相像的屏风。

题旨

刻画伤春情绪。上片在乍雨乍晴的困人天气中,看到絮飞花落,情难忍受;下片是午睡醒来,仍抑制不住内心的苦闷,勉强设法排遣。

标韵

"絮""雨"叶两仄,"阳""香"叶两平,"脸""掩"叶两仄,"昏""门"叶两平。

竹风轻动庭除㉖冷,珠帘月上玲珑㉗影。山枕隐秾妆㉘,绿檀金凤凰㉙。　　两蛾愁黛浅㉚,故国吴宫㉛远。春恨正关情,画楼残点㉜声。

注释

㉖ 庭除:庭阶。

㉗ 玲珑:雕镂剔透的模样。

㉘ 隐:靠着的意思。秾妆:艳妆。

㉙ 绿檀:檀香木制的枕头。金凤凰:黄金制的凤凰钗。

㉚ 两蛾:指双眉。黛:画眉的颜料。

㉛ 吴宫:吴王夫差为西施所建,在今苏州城外灵岩山上。这里借指苏州。

㉜ 残点:快要滴完的更漏。

题旨

刻画失宠宫人的凄凉情境。上片从冷清清的环境写到转侧不眠,下片从思念旧乡写到一身孤苦。

标韵

"冷""影"叶两仄,"妆""凰"叶两平,"浅""远"叶两仄,"情""声"叶两平。

更漏子①二首

星斗②稀,钟鼓③歇,帘外晓莺残月。兰露重,柳风斜,满庭堆落花。　　虚阁上,倚阑望,还似去年惆怅④。春欲暮⑤,思无穷,旧欢如梦中。

注释

① 更漏子:唐人杂曲,一般用来抒写夜长无寐的愁苦心情。

② 星斗:天上的星宿。斗,指南斗和北斗星。

③ 钟鼓:古代谯楼上用钟或鼓来报时。

④ 惆怅:心中苦闷。

⑤ 春欲暮:春天快完了。

题旨

抒写伤春怀远的愁苦心情。上片触景生情,下片伤今感昔。

标韵

"歇""月"叶两入,"斜""花"叶两平,"上""望""怅"叶三仄,"穷""中"叶两平。

　　玉炉香,红蜡泪,偏照画堂秋思⑥。眉翠薄⑦,鬓云残⑧,夜长衾枕寒。　　梧桐树,三更雨,不道⑨离情正苦。一叶叶,一声声,空阶滴到明。

注释

⑥ 秋思:悲秋情绪。思,读去声。
⑦ 眉翠薄:眉上画的黛色都淡了。
⑧ 鬓云残:梳成浓云般的鬓发都松了。
⑨ 不道:不管。

题旨

抒写秋闺怨情。上片是夜深不寐时的感触,下片闻雨伤怀。

标韵

"泪""思"叶两仄,"残""寒"叶两平,"树""苦""雨"叶三仄,"声""明"叶两平。

杨柳枝 二首

苏小①门前柳万条,毵毵②金线拂平桥。黄莺不语东风起,深闭朱门③伴舞腰。

注释

① 苏小:南齐时钱塘名妓苏小小。白居易诗:"若解多情寻小小,绿杨深处是苏家。"旧时杭州西湖西泠桥畔有苏小小墓,今已不存。
② 毵毵:细长貌。
③ 朱门:豪贵之家,门用朱漆。

题旨

慨叹薄命佳人的悲惨遭遇。

标韵

"频""人""春"叶三平。

织锦机边莺语频④,停梭垂泪忆征人⑤。塞门三月犹萧索⑥,纵⑦有垂杨未觉春。

注释

④ 织锦:晋人窦滔作秦州刺史,被放逐到流沙。他的妻子苏蕙

织锦成回文诗寄给他。事见《晋书·列女传》。莺语频:黄莺叫个不停。
⑤ 征人:从军远去的丈夫。
⑥ 塞门:国防前线。塞,读去声。萧索:冷落凄凉的情状。
⑦ 纵:即使。

题旨

抒写征妇怨情。

标韵

"频""人""春"叶三平。

酒泉子①

花映柳条,吹向绿萍池上。凭②阑干,窥细浪,雨潇潇。　　近来音信两疏索③,洞房④空寂寞。掩银屏,垂翠箔⑤,度春宵。

注释

① 酒泉子:唐教坊曲名。一般用来抒写征妇怨情,该是远戍西

北边疆的士兵们所创作。

② 凭:靠,读凭,去声。

③ 疏索:稀少。

④ 洞房:深邃的卧室。

⑤ 翠箔:竹帘。

题旨

描写春闺少妇怀念征人的无聊情态。上片触景伤怀,下片自怜幽独。

标韵

"条""潇""宵"叶三平,"上""浪"叶两仄,"索""寞""箔"叶三入。

定西蕃① 二首

汉使②昔年离别,攀弱柳,折寒梅,上高台。千里玉关③春雪,雁来人不来。羌笛④一声愁绝,月徘徊⑤。

注释

① 定西蕃:唐教坊曲名。一般也用来抒写征妇怀念征夫的情感。

② 汉使:汉武帝时,苏武出使匈奴,被拘留十九年之久,才得回国。这里借指唐代远戍西陲的将士。

③ 玉关:玉门关,在今甘肃敦煌。

④ 羌笛:出自西羌的笛子。原只四孔,汉代京房加作五孔,以备五音。

⑤ 月徘徊:写月亮被凄怨的笛声感动,在天空徘徊。

题旨

抒写征妇怨情。上片写别时情景,下片是别后相思。

标韵

"别""雪""绝"叶三入,"梅""台""来""徊"叶四平。

细雨晓莺春晚。人似玉,柳如眉,正相思。罗幕翠帘初卷,镜中花一枝。肠断塞门消息,雁来稀⑥。

注释

⑥ 雁来稀:比喻很少看到递信的人。雁足传书是苏武的故事。

题旨

同前阕。上片是说青春易逝,下片是说音信无凭。"镜中花一枝",说花,也说人,是全阕关纽所在。

标韵

"晚""卷"叶两仄,"眉""思""枝""稀"叶四平。

河渎神① 二首

河上望丛祠②,庙前春雨来时。楚山无限鸟飞迟,兰棹空伤别离。　　何处杜鹃③啼不歇? 艳红④开尽如血。蝉鬓⑤美人愁绝,百花芳草佳节。

注释

① 河渎神:唐教坊曲名。因当时妇女送别情人时,经常祈祷于江边的神庙,于是就普遍流传着这支曲子。
② 丛祠:丛树中的神庙。
③ 杜鹃:鸟名。传说是古蜀王杜宇的魂魄变化而成。它常在暮春季节的晚上,叫出一种凄厉的声音,好像在说"不如归去"或"归去乐",使旅客感到十分难受。

④ 艳红:指杜鹃花的颜色。
⑤ 蝉鬓:妇女的发式。创自魏文帝(曹丕)宫人莫琼树。大概是把靠在耳边的头发,拢成蝉翼一般。

题旨

描写少妇伤离的苦闷心情。上片是送别时的难忘景象,下片是山鸟山花所引起的无限伤感。

标韵

"祠""时""飞""离"叶四平,"歇""血""绝""节"叶四入。

孤庙对寒潮,西陵⑥风雨萧萧。谢娘⑦惆怅倚兰桡,泪流玉筯⑧千条。　　暮天愁听思归乐⑨,早梅香满山郭。回首两情萧索⑩,离魂何处飘泊?

注释

⑥ 西陵:西陵峡,三峡之一,在湖北宜昌西北。
⑦ 谢娘:东晋时王、谢两大家族最讲究仪表,因而一般把风度潇洒的妇女叫作谢娘。
⑧ 玉筯:比喻一条条泪痕。李白《闺情》诗:"玉筯日夜流,双双落朱颜。"
⑨ 思归乐:杜鹃鸟的叫声。

⑩ 萧索:衰飒凄凉的景况。

题旨

描写送别情人后的悲凉心绪。上片用凄凉风景托出悲苦情怀;下片关切对方,不知魂去何处。

标韵

"潮""萧""桡""条"叶四平,"乐""郭""索""泊"叶四入。

玉胡蝶①

秋风凄切伤离,行客未归时。塞外草先衰,江南雁到迟②。　芙蓉凋嫩脸,杨柳堕新眉③。摇落使人悲,断肠谁得知?

注释

① 玉胡蝶:唐令曲。北宋柳永又演作慢词。
② 雁到迟:意思是说没有信息。
③ 芙蓉二句:用白居易《长恨歌》"芙蓉如面柳如眉"的意思,说荷花谢了,柳叶也落了,联想到自己独守空闺,忧伤易老,也

89

和花柳一般憔悴。

题旨

抒写思妇怨情。上片想念征夫,下片自伤青春易逝。

标韵

"离""时""衰""迟""眉""悲""知"叶七平。

梦江南①二首

千万恨,恨极在天涯。山月不知心里事,水风空落眼前花,摇曳②碧云斜。

注释

① 梦江南:即忆江南曲。
② 摇曳:飘荡貌。

题旨

抒写念远情怀,以外境烘托内心的苦痛。

标韵

"涯""花""斜"叶三平。

梳洗罢,独倚望江楼。过尽千帆皆不是,斜晖脉脉水悠悠③,肠断白蘋洲④。

注释

③ 脉脉:含情不语。悠悠:含愁不尽。
④ 白蘋洲:长满白蘋的沙洲。

题旨

描写少妇想念情人的忧郁心理。

标韵

"楼""悠""洲"叶三平。

河 传①

湖上,闲望,雨萧萧。烟浦花桥路遥。谢娘翠蛾②愁不销,终朝,梦魂迷晚潮。　　荡子③天涯归棹远。春已晚,莺语空肠断。若耶溪④,溪水西,柳堤,不闻郎马嘶。

注释

① 河传:唐南吕宫曲。相传有《水调河传》,隋炀帝将往江都(扬州)时所作。据王灼说,隋代的《河传》早就失传了,晚唐、五代词人所作,用的都是唐代新声。详见《碧鸡漫志》卷四。
② 翠蛾:用黛描过的眉毛。
③ 荡子:古代妇人把远行不归的丈夫叫作"荡子"。《古诗十九首》:"荡子行不归,空房难独守。"
④ 若耶溪:在浙江绍兴南若耶山下,北流入镜湖。相传为西施浣纱所在地。

题旨

描写少妇思念丈夫的感伤情态。上片写孤独无聊中所感触,下片从别后追忆别时情景。

标韵

"上""望"叶两仄,"遥""消""朝""潮"叶四平,"远""晚""断"叶三仄,"溪""西""堤""嘶"叶四平。

荷叶杯[①]二首

一点露珠凝冷,波影,满池塘。绿茎红艳两相乱,肠断,水风凉。

注释
① 荷叶杯:唐教坊曲名。

题旨
刻画荷花神态。

标韵
"冷""影"叶两仄,"塘""凉"叶两平,"乱""断"叶两仄。

镜水夜来秋月,如雪,采莲时。小娘红粉对寒浪,惆怅,正思惟。

题旨
描写刻画采莲女的心理活动。

标韵
"月""雪"叶两入,"时""惟"叶两平,"浪""怅"叶两仄。

皇甫松

皇甫松,字子奇,睦州(今浙江建德)人。他是古文家皇甫湜的儿子。词格很高,可当得起清新朴素的评语。可惜保留在《花间集》和《尊前集》中的作品,共只有二十二首。

浪淘沙

滩头细草接疏林,浪恶罾船①半欲沉。宿鹭眠鸥飞旧浦,去年沙觜②是江心!

注释

① 罾船:渔船。罾,音增,渔网。
② 觜:通"嘴"。

题旨

感叹事物变迁的迅速。

标韵

"林""沉""心"叶三平。

摘得新①

酌一卮，须教玉笛吹。锦筵红蜡烛，莫来迟。繁红一夜经风雨，是空枝！

注释
① 摘得新：唐教坊曲名。

题旨
抒写青春易逝的感伤。

标韵
"卮""吹""迟""枝"叶四平。

梦江南 二首

兰烬①落，屏上暗红蕉②。闲梦江南梅熟日，夜船吹笛雨萧萧，人语驿③边桥。

注释

① 兰烬:香油燃点的灯花。

② 红蕉:美人蕉。

③ 驿:驿站,旅店。

题旨

追想夜雨江南的清幽境界。

标韵

"蕉""萧""桥"叶三平。

楼上寝,残月下帘旌④。梦见秣陵⑤惆怅事,桃花柳絮满江城,双髻⑥坐吹笙。

注释

④ 帘旌:帘子上的饰物。唐李商隐诗:"蝙拂帘旌终展转,鼠翻窗网小惊猜。"

⑤ 秣陵:古地名,在今南京市。

⑥ 双髻:借指少女。

题旨

追念寄住秣陵时的恋爱情事。

标韵

"旌""城""笙"叶三平。

采莲子[1] 二首

菡萏香连十里陂[2] (举棹)，小姑贪戏采莲迟 (年少)。晚来弄水船头湿 (举棹)，更脱红裙裹鸭儿 (年少)。

注释

① 采莲子：唐教坊曲名。每句末都加上"举棹"或"年少"两字，作为和声。
② 菡萏：荷花。陂：蓄水的池沼。

题旨

描写采莲女子的天真情态。

标韵

"陂""迟""儿"叶三平。

船动湖光滟滟[3]秋 (举棹)，贪看年少信船流[4] (年

《采莲子》（菡萏香连十里陂）

少)。无端⑤隔水抛莲子(举棹),遥被人知半日羞(年少)。

注释

③ 滟滟:波光。

④ 信船流:听任船儿自由流走。

⑤ 无端:无缘无故。

题旨

描写采莲女子的娇憨情态。

标韵

"秋""流""羞"叶三平。

竹 枝① 六首

槟榔②花发(竹枝)鹧鸪啼(女儿),雄飞烟瘴③(竹枝)雌亦飞(女儿)。

注释

① 竹枝:已见刘禹锡序。他和白居易都用七言绝句体。《尊前

99

集》收录的皇甫松六首《竹枝》,却只有两句,而且每句中夹"竹枝""女儿"的和声,和《采莲子》的形式也不全同,这可能是当时民歌的本色。

② 槟榔:亚热带植物,树干有些像椰子,果实可助消化。

③ 瘴:山林间湿热蒸郁而成的气;南方多有,接触后易生疾病。

木棉④花尽(竹枝)荔枝垂(女儿),千花万花(竹枝)待郎归(女儿)。

注释

④ 木棉:热带植物,高数十丈,春开大红花。又叫英雄树。

芙蓉并蒂⑤(竹枝)一心连(女儿),花侵隔子(竹枝)眼应穿⑥(女儿)。

注释

⑤ 并蒂:两朵花开在一个蒂上。

⑥ 隔子:窗格。眼:窗眼。这里和"望眼欲穿"意义双关。

筵中蜡烛(竹枝)泪珠红(女儿),合欢桃核(竹枝)两人同⑦(女儿)。

注释

⑦ 合欢桃核:双仁桃核。"人"和"仁"谐声双关。

斜江风起(竹枝)动横波⑧(女儿),劈开莲子(竹枝)苦心多(女儿)。

注释

⑧ 横波:隐喻目光。

山头桃花(竹枝)谷底杏(女儿),两花窈窕⑨(竹枝)遥相映(女儿)。

注释

⑨ 窈窕:心地好容貌好。

题旨

恋歌。

标韵

第一首"啼""飞"叶两平,第二首"垂""归"叶两平,第三首"连""穿"叶两平,第四首"红""同"叶两平,第五首"波""多"叶两平,第六首"杏""映"叶两仄。

抛球乐[1]

金蹙[2]花球小,真珠绣带垂,绣带垂。几回冲凤蜡[3],千度入香怀。上客终须醉,觥盂[4]且乱排。

注释

① 抛球乐:刘禹锡用五言六句,这里却在第三句下叠了三字,这和《阳关曲》的唱法消息相通。
② 金蹙:用金线紧缩绣成。
③ 凤蜡:花烛。
④ 觥盂:杯、碗。

题旨

描写抛球情况。

标韵

"垂""垂""怀""排"叶四平。

杜 牧

杜牧(803—852),字牧之,京兆万年(今陕西西安)人。进士擢第,历任黄、池、睦、湖四州刺史,司勋员外郎等官。他是一个很有抱负的诗人,注过《孙子兵法》;又有《杜氏樊川集》。诗和李商隐齐名,号称"小李杜"。词只留下《八六子》一首。南宋洪迈在他的《容斋四笔》中就曾提到。可见词的长调,在晚唐时,早就引起注意了。

八六子①

洞房深,画屏灯照,山色凝翠沉沉。听夜雨冷滴芭蕉,惊断红窗好梦,龙烟②细飘绣衾。辞恩久归长信③,凤帐④萧疏,椒殿深扃⑤。　　辇路⑥苔侵。绣帘垂,迟迟漏传丹禁⑦。舜华⑧偷悴,翠鬟羞整,愁坐,望处金舆⑨渐远,何时彩仗⑩重临。正消魂,梧桐又移翠阴。

注释

① 八六子:未知由来。唐、宋各家所作,也不完全一致。
② 龙烟:瑞龙脑香的烟气。
③ 长信:宫名,在长安。

④ 凤帐：皇后所用的帐子。

⑤ 椒殿：皇后所住的地方，用椒末和泥涂壁。扃：关闭。

⑥ 辇路：御驾所经行的道路。

⑦ 丹禁：皇帝所在的地方，饰有丹漆。禁，去声。

⑧ 舜华：木槿花，朝开暮落。

⑨ 金舆：黄金装饰的銮舆，皇帝所御。

⑩ 彩仗：皇帝出行时的仪仗。

题旨

　　描写失宠后妃的凄凉情景，也就是对统治阶级的一种讽刺；和盛唐诗人王昌龄所作《长信秋词》之类，用意相同。上片全写冷宫夜景，衬托出失宠者内心的苦闷；下片说皇帝长久不来，只听得漏声从里面传到，銮舆又转向别的宫里去了，梧桐移影，又是一晚的失望。

标韵

　　"深""沉""衾""扃""侵""临""阴"叶七平，"信""禁""整"叶三仄。

司空图

司空图(837—908),字表圣,临淮(今安徽泗县)人。咸通十年(869)进士,官至中书舍人。他看到唐室衰微,托病,隐居中条山王官谷,以至老死。著有《诗品》,为世所称。《尊前集》收有他的《酒泉子》一首。

酒泉子

买得杏花,十载归来方始坼①。假山西畔药阑②东,满枝红。　　旋开旋落③旋成空。白发多情人便④惜,黄昏把酒祝东风,且从容⑤。

注释

① 坼:裂开。
② 药阑:保护花药的篱笆。
③ 旋开旋落:一会儿开,一会儿谢。
④ 便:《词林纪事》作"更"。
⑤ 且从容:且请慢些生长。

题旨

　　感叹年光易逝。上片想起养花的费时,下片怜惜花时的短暂。

标韵

　　"坼""惜"叶两入,"东""红""空""风""容"叶五平。

韩 偓

韩偓,字致光,小字冬郎,京兆万年人。龙纪元年(889)擢进士第,官至兵部侍郎。他不肯依附朱全忠,避往闽王王审知所辖境内,死在泉州(今福建晋江)。他以写香奁诗著名,存词三首,见《全唐诗·附录》。

生查子①

侍女动妆奁②,故故惊人睡。那知本未眠,背面偷垂泪。　懒卸③凤凰钗,羞入鸳鸯被。时复见残灯,和烟坠金穗④。

注释

① 生查子:唐教坊曲名。
② 侍女:婢女。妆奁:安放化妆品的盒子。
③ 卸:除下。
④ 金穗:灯花。旧传灯花有喜信。

题旨

描写少妇怀人的心理状态。上片刻画难言的心事,下片刻画痴望的神情。

标韵

"睡""泪""被""穗"叶四仄。

浣溪沙

拢鬓新收玉步摇①,背灯初解绣裙腰,枕寒衾冷异香焦。　　深院不关春寂寂,落花和雨夜迢迢,恨情残醉两无聊。

注释

① 玉步摇:妇女首饰。汉代的制作,是把黄金雕作凤形,缀上一串串的五彩玉,向下垂着。把它戴在头上,走起路来,自然摇摆,所以叫作步摇。

题旨

描写少妇伤春的心理状态。上片卸妆入睡,下片不眠听雨。这是它的表面,骨子里该是作者借来抒写自己的遭遇,结句透露一些消息。

标韵

"摇""腰""焦""迢""聊"叶五平。

韦 庄

韦庄(836—910),字端己,京兆杜陵(今陕西西安)人。幼年侨居下邽,复徙虢州(今河南灵宝)。黄巢起义军入长安时,他流转到洛阳,写了一篇《秦妇吟》,时人号称"秦妇吟秀才"。经过长途的流浪生活,于乾宁元年(894)进士及第,入蜀,佐王建建蜀国,官至吏部侍郎同平章事。著有《浣花集》十卷;又选唐人诗为《又玄集》五卷。他的词爱用白描,和温庭筠异趣。作品存《花间集》及《尊前集》中,共五十二首。

浣溪沙① 二首

惆怅梦余山月斜,孤灯照壁背红纱,小楼高阁谢娘家。　暗想玉容何所似?一枝春雪冻梅花,满身香雾簇②朝霞。

注释

① 浣溪沙:唐教坊曲名。还有上、下片各多三字一句的,叫作"摊破浣溪沙"。
② 簇:攒聚。

题旨

抒写恋情。上片梦醒所见,下片推想对方仪态。

标韵

"斜""纱""家""花""霞"叶五平。

夜夜相思更漏残,伤心明月凭阑干,想君思我锦衾寒。　　咫尺画堂深似海③,忆来唯把旧书④看。几时携手入长安?

注释

③ 咫尺:短距离。咫,八尺。这句是借用唐人崔郊的故事。崔家有一个美婢,被家长转卖给豪家。崔郊想念不止,写下了"侯门一入深如海,从此萧郎是路人"的诗句。事详《全唐诗话》。据传,韦庄也有一个宠姬,被王建借口请入宫内教书,强夺了去。庄追念悒怏,写下《小重山》《谒金门》等词,都是为了这事。

④ 旧书:过去寄来的书信。

题旨

抒写恋情。上片追念旧欢,下片企图重聚。

标韵

"残""干""寒""看""安"叶五平。

菩萨蛮 二首

人人尽说江南好,游人只合①江南老。春水碧于天②,画船听雨眠。 炉边人似月③,皓腕凝双雪④。未老莫还乡,还乡须断肠。

注释

① 合:该当。
② 碧于天:比青天还要绿。
③ 炉边:酒炉旁。这里是用汉代司马相如和卓文君在临邛卖酒的故事。人似月:美人面如满月。
④ 皓腕句:谓一双洁白的手腕,好像白雪凝结而成。

题旨

借旁人口,描画江南乐事,反映故乡离乱,欲归不得。上片由旁人劝说感到江南风景之美,下片由江南人物之美该可忘却思乡之念。

标韵

"好""老"叶两仄,"天""眠"叶两平,"月""雪"叶两入,"乡""肠"叶两平。

洛阳城里春光好,洛阳才子他乡老。柳暗魏王堤⑤,此时心转迷⑥。　桃花春水渌,水上鸳鸯浴。凝恨对斜晖⑦,忆君君不知。

注释

⑤ 魏王堤:在今河南洛阳。唐太宗(李世民)曾把这块地赐给魏王李泰,作为东都游玩的好地方。

⑥ 心转迷:当回想到柳阴笼罩着魏王堤风景是那么美丽的时候,我为什么要离开它而飘流到偏远的西蜀去,连自己也感到有些迷惑了。

⑦ 凝恨:许多愁恨聚结在一块。对着将要没落的斜阳,想起唐王朝的颓局,要想回到洛阳来,已不为事势所许可了。

题旨

怀念将就没落的唐朝,表示自己甘老他乡的不得已。上片因春到追忆旧游,下片就眼前风物触发无穷感慨。

标韵

"好""老"叶两仄,"堤""迷"叶两平,"渌""浴"叶两入,"晖""知"叶两平。

归国遥①二首

春欲暮,满地落花红带雨。惆怅玉笼鹦鹉,单栖无伴侣。　　南望去程何许?问花花不语。早晚得②同归去,恨无双翠羽③。

注释

① 归国遥:唐教坊曲名。
② 得:该当。
③ 翠羽:青鸟。传说七月七日,忽然有三只青鸟飞到汉武帝(刘彻)的宫殿前。东方朔说:"这一定是西王母快要来了!"一会儿,王母娘娘果然驾到。那三只青鸟紧贴在王母身边。说见《汉武故事》。后来就把青鸟作为传递消息者的泛称。

题旨

抒写欲归不得的苦闷心情。上片触景伤怀,下片音书阻断。

标韵

"暮""雨""鹉""侣""许""语""去""羽"叶八庹。

金翡翠④!为我南飞传我意:罨画⑤桥边春水,几年花下醉?　　别后只知相愧,泪珠难远寄。罗幕绣怅鸳被⑥，旧欢如梦里。

注释

④ 金翡翠：水鸟，毛色赤间青。
⑤ 罨画：画家用以称杂彩色的画面。
⑥ 鸳被：绣了鸳鸯的被子。

题旨

抒写追念旧欢的深厚感情。上片托水鸟传言，下片感旧欢难忘。

标韵

"翠""意""水""醉""愧""寄""被""里"叶八仄。

应天长①

别来半岁音书绝，一寸离肠千万结②。难相见，易相别，又是玉楼花似雪。　　暗相思，无处说，惆怅夜来烟月。想得此时情切，泪沾红袖黦③。

注释

① 应天长:双调小令,北宋柳永演作慢调。

② 一寸句:形容极度苦闷。

③ 黦:由湿气蒸成的斑点,带着青黑色。

题旨

抒写离情。上片当春怀远,下片触景生悲。

标韵

"绝""结""别""雪""说""月""切""黦"叶八人。

荷叶杯二首

绝代佳人难得,倾国,花下见无期。一双愁黛远山眉①,不忍更思惟。　　闲掩翠屏金凤②,残梦,罗幕画堂空。碧天无路信难通,惆怅旧房栊。

注释

① 愁黛远山眉:带有愁态而又秀似远山的眉毛。黛,青黑色。

② 金凤:饰物。《续齐谐记》:"汉宣帝以皂盖车赐霍光;至夜,车上

金凤亡去,晓乃还。"这里借喻美人。所以要把绿色屏风上的金凤掩蔽起来,为的防她飞去,结果还是飞走了。

题旨

忆念旧恋人的无缘再会。上片追想当时情态,下片慨叹物是人非。

标韵

"得""国"叶两入,"期""眉""惟"叶三平,"凤""梦"叶两仄,"空""通""栊"叶三平。

记得那年花下,深夜,初识谢娘时。水堂西面画帘垂,携手暗相期。　　惆怅晓莺残月,相别,从此隔音尘。如今俱是异乡人,相见更无因!

题旨

同前阕。上片追忆初恋情景,下片感叹一去竟成永别。

标韵

"下""夜"叶两仄,"时""垂""期"叶三平,"月""别"叶两入,"尘""人""因"叶三平。

清平乐 二首

野花芳草,寂寞关山道①。柳吐金丝莺语早,惆怅香闺暗老。　　罗带悔结同心②,独凭朱栏思深。梦觉半床斜月,小窗风触鸣琴③。

注释

① 关山道:征夫所经历的道路。
② 结同心:古代用锦带结成连环回文式,表示男女相爱的意思,叫作"同心结"。
③ 风触鸣琴:古人以琴瑟喻夫妇的爱情。这里因风来触动琴声,不免联想起当年恩爱,弦外倍觉凄婉。

题旨

抒写征妇怨情。上片感征夫远去,误了青春;下片独处深闺,不胜凄切。

标韵

"草""道""早""老"叶四仄,"心""深""琴"叶三平。

莺啼残月,绣阁香灯灭。门外马嘶郎欲别,正是落花时节。　　妆成不画蛾眉,含愁独倚金扉④。去路香尘莫扫,扫即郎去归迟。

注释

④ 金扉:金漆小门。

题旨

抒写惜别心情。上片别时光景,下片别后感触。结句想入非非,意思是说薄情的男人,当他想起远送时依依不舍的情景,或者还会早点回来;如果扫去香尘(足印),不留踪影,那归期就更难说了。

标韵

"月""灭""别""节"叶四入,"眉""扉""迟"叶三平。

谒金门①

空相忆,无计得传消息。天上嫦娥②人不识,寄书何处觅？　新睡觉来无力,不忍把君书迹。满院落花春寂寂,断肠芳草碧。

注释

① 谒金门：唐教坊曲名。
② 嫦娥：本作姮娥，后羿妻。羿曾向西王母要求得到"不死之药"，姮娥却把它偷出，奔向月宫里去。事见《淮南子·览冥训》。这里借指词中人的爱人。

题旨

抒写失恋心情。上片无缘通信，下片旧情难遣。"不忍把君书迹"的沉痛，比"忆来唯把旧书看"又深一层。

标韵

"忆""息""识""觅""力""迹""寂""碧"叶八入。

天仙子①二首

蟾彩②霜华夜不分，天外鸿声枕上闻。绣衾香冷懒重熏③。人寂寂，叶纷纷，才睡依前梦见君。

注释

① 天仙子：唐教坊曲名。本名《万斯年》，属龟兹部舞曲。

② 蟾彩：月色。蟾蜍：即俗称癞蛤蟆。古代神话，嫦娥奔入月宫，变作蟾蜍，见《后汉书·天文志》注。
③ 熏：用香料烧出烟来烘染衣被。

题旨

抒写怀人情绪。

标韵

"分""闻""熏""纷""君"叶五平。

梦觉云屏④依旧空，杜鹃声咽隔帘栊。玉郎薄幸⑤去无踪。一日日，恨重重，泪界莲腮⑥两线红。

注释

④ 云屏：云母石制成的屏风。
⑤ 薄幸：负心。
⑥ 泪界莲腮：眼泪流下来，在红莲般的面庞上划出两条界线。

题旨

描写春晚怀人情绪。

标韵

"空""栊""踪""重""红"叶五平。

上行杯[①]

芳草灞陵春岸,柳烟深,满楼弦管。一曲离肠寸寸断。　　今日送君千万[②],红缕玉盘金镂盏[③]。须劝,珍重意,莫辞满。

注释

① 上行杯:唐教坊曲名。
② 千万:反复丁宁的意思。
③ 红缕句:谓缠有红丝的白玉餐盘和嵌有花朵的黄金酒杯,夸说饯行筵席考究。

题旨

描写送客远行时的依恋心情。上片点明时地,下片殷勤劝酒。

标韵

"岸""管""断""万""盏""劝""满"叶七仄。

女冠子[①]二首

四月十七,正是去年今日,别君时。忍泪佯低面②,含羞半敛眉③。　　不知魂已断,空有梦相随。除却天边月,没人知。

注释

① 女冠子:唐教坊曲名。原是小令,后来柳永演成慢调。
② 佯低面:装作低下头来。
③ 敛眉:皱眉。

题旨

抒写离情。上片追忆别时意态,下片诉说别后衷肠。

标韵

"七""日"叶两入,"时""眉""随""知"叶四平。

昨夜夜半,枕上分明梦见,语多时。依旧桃花面,频低柳叶眉。　　半羞还半喜,欲去又依依。觉来知是梦,不胜悲。

题旨

同前阕。上片从入梦写到美人情态,下片从梦中写到梦醒。

标韵

"半""见"叶两仄,"时""眉""依""悲"叶四平。

酒泉子

月落星沉,楼上美人春睡。绿云倾①,金枕腻②,画屏深。　子规啼破相思梦③,曙色东方才动。松烟轻,花露重,思难任④。

注释

① 绿云倾:乌黑而丰盛像绿云一般的发髻松落了。
② 金枕腻:粉脸贴在描画金花的枕上,感到有些油腻,形容熟睡情态。
③ 子规句:杜鹃鸟的叫声把她正要和爱人相会的好梦给惊醒了。
④ 思难任:苦闷的心情,自己都忍受不了。

题旨

抒写征妇怨情。上片刻画美人春睡时的环境和情态,下片写梦醒后的伤感。

标韵

"睡""腻"叶两仄,"沉""深""任"叶三平,"梦""动""重"叶三仄。

思帝乡①

春日游,杏花吹满头。陌上谁家年少足风流②?妾拟将身嫁与,一生休③。纵被无情弃,不能羞④。

注释

① 思帝乡:唐教坊曲名。
② 足风流:十分风流潇洒。
③ 妾拟二句:我就准备把自己的身子嫁给他,这一生都没有别的念头了。
④ 不能句:这句说,就是后来被那薄情的男子抛弃,我也不后悔。

题旨

描写少女求爱的迫切心理。因了好花易谢,遏抑不住狂热奔迸的感情,很有些汉乐府《上邪》篇的情调。

标韵

"游""头""流""休""羞"叶五平。

木兰花①

独上小楼春欲暮,愁望玉关②芳草路。消息断,不逢人,却敛细眉归绣户。　　坐看落花空叹息,罗袂湿斑红泪③滴。千山万水不曾行,魂梦欲教何处觅?

注释

① 木兰花:唐教坊曲名。
② 玉关:即玉门关,为汉、唐时前去西北从军必经的路线,遗址在甘肃敦煌附近。
③ 红泪:和血的眼泪。

题旨

刻画征妇怨情。上片望远信不来,下片叹梦魂难去。

《木兰花》(独上小楼春欲暮)

标韵

"暮""路""户"叶三仄,"息""滴""觅"叶三入。

小重山①

一闭昭阳春又春。夜寒宫漏永②,梦君恩。卧思陈事③暗消魂。罗衣湿,红袂有啼痕④。　歌吹隔重阁⑤。绕庭芳草绿,倚长门⑥。万般惆怅与谁论⑦?颙情⑧立,宫殿欲黄昏。

注释

① 小重山:双调曲。最初多用以写宫女怨情。

② 宫漏永:宫内报时刻的漏声显得漫长。

③ 陈事:过去的事情。

④ 啼痕:泪痕。

⑤ 歌吹:歌唱和管乐。吹,读去声。阁:宫门。

⑥ 长门:宫名。汉武帝陈皇后失宠后,住在长门宫。司马相如曾受她的嘱托,替她写了一篇《长门赋》。

⑦ 论:读平,诉说。

⑧ 颙情:凝情。颙,严肃貌。

题旨

　　抒写失宠妃嫔的悲苦心情。上片失宠后追忆得宠时,下片因别人的欢乐更加感到自己的凄苦。

标韵

　　"春""恩""魂""痕""阍""门""论""昏"叶八平。

薛昭蕴

薛昭蕴,又名昭纬。唐末官至侍郎。他最爱唱《浣溪沙》词,事见《北梦琐言》卷四。《花间集》收薛词十九首。

浣溪沙 二首

帘下三间出寺墙,满街垂柳绿阴长,嫩红轻翠间浓妆。　瞥地见时犹可可①,却来②闲处转思量,如今情事隔仙乡!

注释

① 瞥地:忽然。可可:无所谓。
② 却来:再来。

题旨

抒写恋情。上片从外境写到人,下片从初见写到追想。

标韵

"墙""长""妆""量""乡"叶五平。

倾国倾城恨有余,几多红泪泣姑苏③,倚风凝睇雪肌肤④。　　吴主山河空落日,越王宫殿⑤半平芜,藕花菱蔓满重湖。

注释

③ 姑苏:春秋时,吴王夫差筑姑苏台于灵岩山上,使西施歌舞作乐,以致灭亡。
④ 凝睇:定神斜看。雪肌肤:指西施的美貌。《庄子·逍遥游》:"藐姑射之山,有神人焉;肌肤若冰雪,绰约若处子。"
⑤ 越王宫殿:越王句践的宫殿。遗址在今浙江绍兴。

题旨

凭吊吴宫。上片由吴宫想起西施,下片对吴越兴亡的感慨。

标韵

"余""苏""肤""芜""湖"叶五平。

小重山

春到长门春草青。玉阶花露滴,月胧明。东风吹断玉箫声。宫漏促①,帘外晓啼莺。　　愁极梦难成。红妆流宿泪②,不胜情③。手挼④裙带绕阶行。思君切,罗幌暗尘生⑤。

注释

① 宫漏促:宫里的漏声快滴完了,天快亮了。

② 宿泪:一夜积累下来的眼泪。

③ 不胜情:压抑不住的悲感。胜,平声。

④ 挼:双手摩弄。

⑤ 罗幌:罗幕。暗尘侵入罗幌,表示全没心情。

题旨

描写失宠妃嫔的心理状态。上片是不眠人的感触,下片起身排遣。

标韵

"青""明""声""莺""成""情""行""生"叶八平。

牛峤

牛峤,字松卿,一字延峰,陇西(今甘肃临洮)人。乾符五年(878)进士。后来跟着王建到了成都,做了前蜀王朝的给事中。他是以写艳词著名的。《花间集》收词三十二首。

望江怨[①]

东风急,惜别花时手频执。罗帏愁独入。马嘶残雨春芜湿。倚门立。寄语薄情郎:粉香和泪泣。

注释

① 望江怨:单调小令,仅见《花间集》。

题旨

描写惜别心情,从别时情景写到人去,再从马嘶声想到人去已远,不胜依恋。

标韵

"急""执""入""湿""立""泣"叶六人。

定西蕃

紫塞①月明千里。金甲②冷，戍楼③寒，梦长安。乡思望中天阔，漏残星亦残。画角④数声呜咽，雪漫漫。

注释

① 紫塞：长城。秦筑长城，用的紫色泥土。
② 金甲：铁甲。
③ 戍楼：防守边境的营房。
④ 画角：军中所用乐器。

题旨

抒写戍卒思归情绪。上片从看月写到思乡，下片由希望跌入失望。

标韵

"寒""安""残""漫"叶四平，"阔""咽"叶两入。

江城子①

鹧鸪②飞起郡城东。碧江空，半滩风。越王官殿，蘋叶藕花中。帘卷水楼鱼浪起，千片雪，雨濛濛。

注释

① 江城子：单调小令，宋人始用双调。
② 鸂鶒：水鸟。

题旨

　　凭吊越宫遗址，全从李白《越中怀古》诗"越王句践破吴归，壮士还家尽锦衣。宫女如花满春殿，只今惟有鹧鸪飞"中化出，着重描写眼前景物，反映繁华易散。

标韵

　　"东""空""风""中""濛"叶五平。

张　泌

张泌,常州(今江苏武进)人。他曾做过南唐的内史舍人。南唐亡后,跟着李煜降宋,任职史馆。《花间集》收了他的词二十七首,把他排在牛峤之后、毛文锡之前,因而也有人怀疑《花间集》中的张泌不是南唐的张泌,但也没有什么确证。

临江仙[①]

烟收湘渚秋江静,蕉花[②]露泣愁红。五云双鹤[③]去无踪。几回魂断,凝碧向长空。　　翠竹暗留珠泪怨[④],闲调宝瑟[⑤]波中。花鬟月鬓绿云重[⑥]。古祠深殿,香冷雨和风。

注释

① 临江仙:唐教坊曲名,原是民间纪念湘妃的歌曲。

② 蕉花:红蕉花。

③ 五云双鹤:五彩云,双白鹤,都是仙人所乘。这里借指虞舜死葬苍梧的故事,参看刘禹锡《潇湘神》词注。

④ 翠竹:湘妃竹。

⑤ 宝瑟:湘灵所鼓瑟。《楚辞·远游》:"使湘灵鼓瑟兮,令海若

舞冯夷。"

⑥ 绿云重:形容鬓发浓美。

题旨

歌咏湘妃怨情。上片写湘灵对虞舜的追慕,下片写神祠像设。

标韵

"红""踪""空""中""重""风"叶六平。

南歌子①

岸柳拖烟绿,庭花照日红。数声蜀魄②入帘栊,惊断碧窗残梦画屏空。

注释

① 南歌子:唐教坊曲名,有单调和双调两种。
② 蜀魄:指杜鹃鸟,相传为古蜀国望帝魂魄所化。

题旨

描写惜春情绪。

标韵

"红""栊""空"叶三平。

河渎神

古树噪寒鸦,满庭枫叶芦花。昼灯当午隔窗纱,画阁珠帘影斜。　门外往来祈赛客①,翩翩帆落天涯。回首隔江烟火,渡头三两人家。

注释

① 祈赛客:向神许愿求福的客人。旧俗,遇到神的生辰,乡民准备仪仗、金鼓杂戏等,迎神像出庙,周游街巷,叫作赛神会。

题旨

描写神祠景物。上片从祠外写到祠内,下片从神祠写到求神的贾客,归结到村庄寥落,神未必灵。

标韵

"鸦""花""纱""斜""涯""家"叶六平。

毛文锡

毛文锡,字平珪,高阳(今河北高阳)人。随王建入蜀,官司徒。著有《茶谱》,已失传。《花间集》收了他的词三十一首。

醉花间①

休相问,怕相问,相问还添恨。春水满塘生,鸂鶒还相趁②。　昨夜雨霏霏③,临明寒一阵。偏忆戍楼人,久绝边庭④信。

注释

① 醉花间:唐教坊曲名。
② 鸂鶒:水鸟,较鸳鸯稍大而毛色多紫,又叫紫鸳鸯。趁:两两互相追逐。
③ 霏霏:细雨貌。
④ 边庭:国防前线的军事机关。

题旨

描写征妇怨情。上片触景生愁,下片宵寒念远。

标韵

"问""问""恨""趁""阵""信"叶六仄。

应天长①

平江波暖鸳鸯语,两两钓船归极浦②。芦洲一夜风和雨,飞起浅沙翘雪鹭③。　　渔灯明远渚,兰桡④今宵何处?罗袂⑤从风轻举,愁杀采莲女。

注释

① 应天长:双调小令。北宋另有慢词。
② 极浦:远浦。
③ 翘雪鹭:翘起雪白羽毛的白鹭。
④ 兰桡:木兰木做的桨。这里是指行客所乘的船。
⑤ 罗袂:罗袖。

题旨

抒写离情。上片送别情人后独立江边所见,下片直到天黑还在痴想。

标韵

"语""浦""雨""鹭""渚""处""举""女"叶八仄。

牛希济

牛希济,前蜀时,官翰林学士。《花间集》收他的词十一首。

生查子

春山烟欲收,天淡稀星小。残月脸边明,别泪临清晓。　语已多,情未了。回首犹重道:记得绿罗裙,处处怜芳草①。

注释

① 记得二句:意思是说,你看到青青春草,就该联想起我的罗裙来。

题旨

抒写离情。上片写别时光景,下片为丁宁情话。

标韵

"小""晓""了""道""草"叶五仄。

欧阳炯

欧阳炯(895—971),益州华阳(今四川华阳)人。历官前、后蜀,后随孟昶降宋。他是一个精通音乐的词人,吹得一手好笛子。又曾为赵崇祚辑的《花间集》作序,可以看出西蜀词风特盛的原因。他的词收入《花间集》十七首,收入《尊前集》三十一首。

南乡子① 五首

嫩草如烟,石榴花发海南天。日暮江亭春影渌,鸳鸯浴,水远山长看不足。

注释
① 南乡子:唐教坊曲名。原是单调小令,南唐冯延巳始用双调,形式也全变了。

画舸停桡②,槿花③篱外竹横桥。水上游人沙上女,回顾,笑指芭蕉林里住。

注释
② 画舸:涂有彩画的小船。舸,去声,桡:船桨。

③ 槿花:木槿花。

岸远沙平,日斜归路晚霞明。孔雀自怜金翠羽,临水,认得行人惊不起。

洞口谁家?木兰船系木兰花。红袖女郎相引去,游南浦,笑倚春风相对语。

路入南中,桄榔④叶暗蓼花红。两岸人家微雨后,收红豆⑤,树底纤纤抬素手⑥。

注释

④ 桄榔:南方植物,高三四丈,树干很像槟榔,但较光滑。
⑤ 红豆:又叫相思子。唐王维《相思》诗:"红豆生南国,春来发几枝?愿君多采撷,此物最相思。"
⑥ 纤纤:细长貌。素手:洁白的手。

题旨

歌咏南方风土。

标韵

第一首"烟""天"叶两平,"渌""浴""足"叶三入。第二首"桡""桥"叶两平,"女""顾""住"叶三仄。第三首"平""明"叶两平,"羽"

"水""起"叶三仄。第四首"家""花"叶两平,"去""浦""语"叶三仄。第五首"中""红"叶两平,"后""豆""手"叶三仄。

江城子

晚日金陵岸草平。落霞明,水无情。六代[①]繁华,暗逐逝波声。空有姑苏台上月,如西子镜[②]照江城。

注释

① 六代:自三国时东吴建都金陵(今南京),历东晋、宋、齐、梁、陈,合称六代。
② 西子镜:西施的妆镜。

题旨

金陵怀古。

标韵

"平""明""情""声""城"叶五平。

西江月①

月映长江秋水。分明冷浸星河②。浅沙汀上白云多,雪散几丛芦苇。　　扁舟倒影寒潭里,烟光远罩轻波。笛声何处响渔歌?两岸蘋香暗起。

注释

① 西江月:唐教坊曲名。一般在上、下片结句所叶仄韵,要和全阕所有平韵同部,这里却是平、仄韵各叶各的。
② 星河:银河倒影。

题旨

描写秋江夜景。

标韵

"水""苇""里""起"叶四仄,"河""多""波""歌"叶四平。

定风波①

暖日闲窗映碧纱,小池春水浸晴霞。数树海棠红欲尽,争忍②,玉闺深掩过年华③? 独凭绣床方寸④乱,肠断,泪珠穿破脸边花。邻舍女郎相借问⑤,音信,教人羞道未还家。

注释

① 定风波:唐教坊曲名。要注意中间夹叶六个仄韵。
② 争忍:怎样忍耐得住。
③ 玉闺:少妇所住的房子。年华:光阴。
④ 方寸:心。
⑤ 借问:请求指示。

题旨

抒写春闺怨情。上片因阳春美景感到年华易逝,下片刻画娇羞心理。

标韵

"纱""霞""华""花""家"叶五平,"尽""忍"叶两仄,"乱""断"叶两仄,"问""信"叶两仄。

木兰花

儿家夫婿①心容易,身又不来书不寄。闲庭独立鸟关关②,争忍抛奴③深院里。　　闷向绿纱窗下睡,睡又不成愁已至。今年却忆去年春,同在木兰花下醉。

注释
① 儿家夫婿:古代妇女自称儿家或奴家,称丈夫为夫婿。
② 关关:和鸣声。《诗经·周南·关雎》:"关关雎鸠,在河之洲。"
③ 奴:古代妇女对男子的谦称。

题旨
上片埋怨丈夫薄情,下片回想过去的欢乐。

标韵
"易""寄""里""睡""至""醉"叶六仄。

和 凝

和凝(898—955),字成绩,汶阳须昌(今山东东平)人。他在少年时,爱写曲子词,流行于汴(开封)、洛间。等到做了宰相,还被契丹(辽)使节称作"曲子相公"。他的《红叶稿》早就失传了,《花间集》收词二十首,《尊前集》收词七首。

渔 父

白芷①汀寒立鹭鸶,蘋风轻剪浪花时。烟幂幂②,日迟迟,香引芙蓉③惹钓丝。

注释

① 白芷:香草。
② 幂幂:淡烟笼罩貌。
③ 芙蓉:荷花。

题旨

描写江湖闲适生活。

标韵

"鸶""时""迟""丝"叶四平。

江城子二首

竹里风生月上门。理秦筝①,对云屏。轻拨朱弦,恐乱马蹄声。含恨含娇独自语:今夜月,太迟生②!

注释

① 秦筝:秦地(今陕西)流行的弦乐器。原只五弦,秦国蒙恬改为十二弦,变形如瑟,唐以后又添一弦。
② 太迟生:出得太慢了些。生,语助。

题旨

描写少妇期待爱人的心理状态,从室外风景写到室内动作,结出失望神情。

标韵

"门""筝""屏""声""生"叶五平。

斗转星移③玉漏频。已三更,对栖莺④。历历⑤花间,似有马蹄声。含笑整衣开绣户,斜敛手⑥,下阶迎。

注释

③ 斗转星移：星宿移动位置。

④ 栖莺：宿在巢里的黄莺。

⑤ 历历：清清楚楚的。

⑥ 敛手：整肃仪容。

题旨

描写少妇惦记爱人的心理活动，从静候写到归来，刻画得相当细致。

标韵

"频""更""莺""声""迎"叶五平。

顾敻

顾敻,前蜀时,因作诗讽刺,几乎被杀。后蜀时,官至太尉。他的《醉公子》曲,在当时是很出名的。《花间集》收了他的词五十五首,作风是比较朴素的。

河 传

棹举,舟去。波光渺渺,不知何处?岸花汀草共依依。雨微,鹧鸪相逐飞。 天涯离恨江声咽,啼猿切。此意向谁说?倚兰桡,独无聊。魂销,小炉香欲焦。

题旨

抒写离情。上片从人去写到江边风物,融情于景;下片人去已远,感到孤寂无聊,仍以景语烘托神态。

标韵

"举""去""处"叶三仄,"依""微""飞"叶三平,"咽""切""说"叶三入,"聊""销""焦"叶三平。

诉衷情[①]

永夜[②]抛人何处去？绝来音。香阁掩，眉敛[③]，月将沉。争忍不相寻？怨孤衾。换我心，为你心，始知相忆深。

注释

① 诉衷情：唐教坊曲名。原有单调、双调两体，字句较多出入。
② 永夜：深夜。
③ 眉敛：皱着眉头。

题旨

描写少妇等待情郎未归时的心理状态，从人去写到久候不归，结以诉说衷情。

浣溪沙 二首

红藕香寒翠渚平[①]，月笼虚阁夜蛩[②]清，塞鸿惊梦两牵情。　宝帐玉炉残麝[③]冷，罗衣金缕[④]暗尘生，小窗孤烛泪纵横。

注释

① 红藕:红莲花。翠渚:绿水池塘。

② 蛩:蟋蟀。

③ 宝帐:缀饰珠玉的帐子。古有七宝流苏帐。残麝:烧剩的麝香。

④ 金缕:金线绣品。

题旨

抒写秋闺怨情。上片融情于景,下片就眼前事物烘托内心苦闷。

标韵

"平""清""情""生""横"叶五平。

庭菊飘黄玉露⑤浓,冷莎偎砌隐鸣蛩⑥。何期⑦良夜得相逢!　背帐风摇红蜡⑧滴,惹香暖梦绣衾重。觉来枕上怯晨钟。

注释

⑤ 玉露:白露。

⑥ 莎:原野所生短草。隐:掩蔽。

⑦ 何期:料想不到。

⑧ 红蜡:红烛。

题旨

描写秋夜相逢的欢会情景。

标韵

"浓""蛮""逢""重""钟"叶五平。

荷叶杯

一去又乖期信①,春尽,满院长莓苔。手挼裙带独徘徊。来摩②?来,来摩?来。

注释

① 乖期信:失了期约。
② 摩:么。

题旨

描写少女想念情人的心理状态。

标韵

"信""尽"叶两仄,"苔""徊""来""来"叶四平。

醉公子[1]

岸柳垂金线,雨晴莺百啭[2]。家住绿杨边,往来多少年。　　马嘶芳草远,高楼帘半卷。敛袖翠蛾攒[3],相逢尔许[4]难!

注释

[1] 醉公子:唐教坊曲名。

[2] 啭:鸟鸣。

[3] 翠蛾攒:眉皱。

[4] 尔许:这样。

题旨

描写少女怀春情绪。上片从景物写到人,下片从别人的马嘶声想到自己意中人的难遇。

标韵

"线""啭"叶两仄,"边""年"叶两平,"远""卷"叶两仄,"攒""难"叶两平。

《醉公子》（岸柳垂金线）

孙光宪

孙光宪,字孟文,贵平(今四川仁寿)人。前辈务农。他因避乱寄住江陵(湖北荆州),做过高季兴的僚属。后来跟高继冲归宋,任黄州刺史。光宪喜收藏图书,著有《北梦琐言》,保存不少史料。他的词收入《花间集》六十首,收入《尊前集》二十三首,风格是清隽的。

浣溪沙

蓼岸风多橘柚香,江边一望楚天长,片帆烟际闪孤光。　目送征鸿飞杳杳,思随流水去茫茫,兰红波碧忆潇湘①。

注释

① 兰红:江淹《别赋》:"见红兰之受露。"潇湘:二水名,在今湖南境,两岸风景绝美。

题旨

抒写秋江怀远情绪。上片偏于写景,下片情景双融。

标韵

"香""长""光""茫""湘"叶五平。

菩萨蛮

木棉花映丛祠①小,越禽②声里春光晓。铜鼓③与蛮歌,南人祈赛多。　　客帆风正急,茜袖④偎墙立。极浦几回头,烟波无限愁。

注释

① 丛祠:树林中的神庙。
② 越禽:南越地方的鸟。《古诗》:"胡马依北风,越鸟巢南枝。"
③ 铜鼓:西南少数民族所用乐器。
④ 茜袖:红袖,茜草所染。

题旨

描写旅行西南所接触。上片写地方风物,下片写客中所见。

标韵

"小""晓"叶二仄,"歌""多"叶二平,"急""立"叶二入,"头""愁"叶二平。

河渎神

江上草芊芊①,春晚湘妃庙②前。一方柳色楚南天,数行斜雁联翩③。　独倚朱栏情不极④,魂断终朝相忆。两桨不知消息,远汀时起鸂鶒。

注释

① 芊芊:草盛貌。
② 湘妃庙:纪念虞舜二妃的神庙。
③ 联翩:雁阵飞翔貌。
④ 不极:不尽。

题旨

抒写旅中怀远心情。上片江天景色,下片江干痴望。

标韵

"芊""前""天""翩"叶四平,"极""忆""息""鶒"叶四入。

酒泉子

空碛无边,万里阳关道路。马萧萧①,人去去,陇云②愁。　　香貂旧制戎衣窄③，胡霜千里白。绮罗心④，魂梦隔，上高楼。

注释

① 萧萧：马鸣声。《诗经·小雅·车攻》："萧萧马鸣。"
② 陇云：陇山的云。陇山在今陕西陇县西北，绵亘于陕、甘两省边境，为远戍西北所必经。
③ 香貂：珍贵的兽皮。戎衣：军服。
④ 绮罗心：怀念妻室的心情。绮、罗都是妇女制衣的丝织品。

题旨

描写出征将士的思乡情绪。上片追忆当初出塞时所经荒凉景象；下片因裘敝霜寒，想起夫妻远隔，只有登楼痴望而已。

标韵

"路""去"叶两仄，"愁""楼"叶两平，"窄""白""隔"叶三入。

八拍蛮①

孔雀尾拖金线长，怕人飞起入丁香②。越女沙头争拾翠③,相呼归去背斜阳。

注释

① 八拍蛮:唐教坊曲名。

② 丁香:植物。花开紫、白两种。

③ 拾翠:收取翡翠鸟落下的羽毛,可以加工制成首饰。

题旨

描写岭南风土,先写物,后写人。

标韵

"长""香""阳"叶三平。

竹　枝

门前春水(竹枝)白蘋花(女儿),岸上无人(竹枝)小艇斜(女儿)。商女经过(竹枝)江欲暮(女儿),散抛残食(竹枝)饲神鸦(女儿)。

题旨

歌咏南方风土,后半对不劳而食的女子加以讽刺。

标韵

"花""斜""鸦"叶三平。

上行杯

离棹逡巡①欲动。临极浦,故人相送。去住心情知不共。　金船②满捧。绮罗③愁,丝管④咽。回别,帆影灭,江浪如雪。

注释

① 逡巡:欲进又退。
② 金船:酒杯。
③ 绮罗:以服装代表饯行的歌女。
④ 丝管:以乐器代表送别的歌曲。

题旨

描写惜别心情。上片临别时的不同感受,下片由饯别写到行人去后的痴望神理。

标韵

"动""送""共""捧"叶四仄,"咽""别""灭""雪"叶四入。

谒金门

留不得,留得也应无益。白纻①春衫如雪色,扬州初去日。　　轻别离,甘抛掷。江上满帆风疾。却羡彩鸳三十六②,孤鸾③还一只!

注释

① 白纻:麻织品。
② 彩鸳三十六:把成双成对的鸳鸯比作其他情侣。
③ 孤鸾:喻失恋的自己。

题旨

抒写弃妇的悲苦心情。上片说对方别有所恋,下片自伤凄独。这里该是别有寄托,借题说自己的遭遇。

标韵

"得""益""色""日""掷""疾""六""只"叶八人。

杨柳枝

阊门①风暖落花干,飞遍江城雪不寒②。独有晚来临水驿,闲人多凭赤栏干。

注释

① 阊门:苏州城门。
② 雪不寒:是说柳絮,翻用东晋谢道蕴《咏雪》诗"未若柳絮因风起"的意思。

题旨

描写惜春情绪。

标韵

"干""寒""干"叶三平。

渔歌子

泛流萤,明又灭,夜凉水冷东湾阔。风浩浩,笛寥寥①,万顷金波②澄澈。　　杜若③洲,香郁烈④。一声宿雁霜时节。经雪水,⑤过松江⑥,尽属侬家⑦日月。

注释

① 寥寥:稀疏。

② 金波:月光照在水面的波纹。

③ 杜若:香草。

④ 郁烈:香味浓厚。

⑤ 霅水:在浙江吴兴南。

⑥ 松江:即吴淞江。源出太湖,流经吴江、苏州、青浦、松江、嘉定,至上海,合黄浦江入海。

⑦ 侬家:古吴语,对人自称侬或侬家。

题旨

描写江湖超旷生活。上片写空江夜景,下片写渔翁情调。

标韵

"灭""阔""澈""烈""节""月"叶六入。

魏承班

魏承班,前蜀驸马都尉。他的词收入《花间集》十三首,《尊前集》六首。

玉楼春[①]

寂寂画堂梁上燕,高卷翠帘横数扇。一庭春色恼人来,满地落花红几片。　　愁倚锦屏低雪面,泪滴绣罗金缕线。好天凉月尽伤心,为是玉郎长不见。

注释

① 玉楼春:双调小令。

题旨

描写春闺怨情。上片伤春,下片伤别。

标韵

"燕""扇""片""面""线""见"叶六仄。

鹿虔扆

鹿虔扆,后蜀进士,官至太保。元倪瓒说他的词"有无限感慨淋漓处"。《花间集》收词六首。

临江仙

金锁重门荒苑静,绮窗愁对秋空。翠华①一去寂无踪。玉楼歌吹,声断已随风。　　烟月不知人事改,夜阑还照深宫。藕花相向野塘中。暗伤亡国,清露泣香红。

注释

① 翠华:翠羽制成的旗饰,皇帝出巡时所用。

题旨

抒写兴亡之感。上片凭吊故宫,下片情景交融,结出无限感慨。

标韵

"空""踪""风""宫""中""红"叶六平。

阎 选

阎选,后蜀时处士。《花间集》收他的词八首,《尊前集》收二首。

临江仙

十二高峰①天外寒,竹梢轻拂仙坛②。宝衣行雨在云端③,画帘深殿,香雾④冷风残。　欲问楚王何处去?翠屏犹掩金鸾⑤。猿啼明月照空滩。孤舟行客,惊梦亦艰难。

注释

① 十二高峰:指巫山十二峰。
② 仙坛:神女所在。
③ 宝衣句:神女着上缀满珠宝的衣裳在云端显示恋情。行雨是给人滋润的意思,出自宋玉《高唐赋》。
④ 香雾:指神像的蓬松鬓发。杜甫《月夜》诗:"香雾云鬟湿。"
⑤ 金鸾:指神像。古人常把彩鸾比喻美丽多情的女性。

题旨

歌咏巫山神女。上片从庙前景物写到庙中神像,下片从怀古转到伤今。

标韵

"寒""坛""端""残""鸾""滩""难"叶七平。

八拍蛮

愁锁黛眉烟①易惨,泪飘红脸粉难匀。憔悴不知缘底事②,遇人推道不宜春③。

注释

① 烟:比喻浓眉。
② 缘底事:为了什么事。
③ 推道不宜春:推托说自己不适宜过春天的日子。

题旨

描写少女怀春情绪。

标韵

"匀""春"叶两平。

尹鹗

尹鹗,成都人。前蜀时,官参卿。他的词收入《花间集》六首,《尊前集》十三首。内有《金浮图》《秋夜月》两调,长达八九十字。这对词的发展来说,是值得注意的。

菩萨蛮

陇云暗合秋天白,俯窗独坐窥烟陌。楼际角重吹,黄昏方醉归。　　荒唐难共语,明日还应去。上马出门时,金鞭莫与伊。

题旨

描写少妇对浮荡丈夫又爱又恨的曲折心理。上片从未归到醉归,下片从归后情形想到来朝状况。

标韵

"白""陌"叶两入,"吹""归"叶两平,"语""去"叶两仄,"时""伊"叶两平。

金浮图①

繁华地,王孙②富贵。玳瑁筵③开,下朝④无事,压红茵凤舞黄金翅⑤。玉立纤腰⑥,一片揭天歌吹。满目绮罗珠翠。和风淡荡,偷散沉檀⑦气。　　堪判⑧醉,韶光正媚。折尽牡丹,艳迷人意。金张许史⑨应难比。贪恋欢娱,不觉金乌⑩坠。不惜会难别易。金船更劝,勒住花骢⑪辔。

注释

① 金浮图:传作只尹鹗一首,不知何时所创调。

② 王孙:古代豪贵子弟的泛称。

③ 玳瑁筵:饰有玳瑁甲片的筵席。指豪华宴会。

④ 下朝:退朝。

⑤ 红茵:歌舞时所铺的地毯。唐、宋时,遇盛大宴会,都有歌舞伎人在红氍毹上奏艺助兴。凤舞黄金翅:形容舞态。

⑥ 玉立:形容舞女的峻洁风标。纤腰:细腰。

⑦ 沉檀:沉檀木所制的香料。

⑧ 判:读作拚,尽兴的意思。

⑨ 金张许史:汉宣帝时四大豪族,即金日䃅、张安世、许伯、史商等。《词谱》"金"字上有"纵"字。

⑩ 金乌:太阳。古神话,说日球内有三足乌。《词谱》"乌"字下

有"西"字。
⑪ 花骢:身长青白杂毛的马。

题旨

铺写豪家游宴盛况。上片纵情歌舞,下片留连荒宴;从这里可以看出西蜀上层社会的豪侈生活,也可了解在全国动乱中这一地方的经济情况。

标韵

"地""贵""事""翅""吹""翠""气""醉""媚""意""比""坠""易""辔"叶十四仄。

毛熙震

毛熙震,蜀人,官秘书监。《花间集》收他的词二十九首。

清平乐

　　春光欲暮,寂寞闲庭户。粉蝶双双穿槛舞,帘卷晚天疏雨。　　含愁独倚闺帷,玉炉烟断香微。正是消魂时节,东风满树花飞。

题旨

　　描写少妇伤春情绪。

标韵

　　"暮""户""舞""雨"叶四仄,"帷""微""飞"叶三平。

菩萨蛮

　　绣帘高轴①临塘看,雨翻荷芰真珠散。残暑晚初凉,轻风渡水香。　　无聊悲往事,争那②牵情思。光影暗相催,等闲③秋又来!

注释

① 轴:卷帘的轴子。这里就作卷起讲。

② 争那:怎奈。

③ 等闲:无端。

题旨

抒写感秋情绪。

标韵

"看""散"叶两仄,"凉""香"叶两平,"事""思"叶两仄,"催""来"叶两平。

李 珣

　　李珣,字德润。先代是波斯人,侨居梓州(今四川三台)。他曾举过秀才,一直过着隐居生活。著有《琼瑶集》,没有流传下来。他的词格是相当俊逸的。《花间集》收三十七首,《尊前集》收十八首。

渔歌子 二首

　　荻花秋,潇湘夜,橘洲①佳景如屏画。碧烟中,明月下,小艇垂纶②初罢。　　水为乡,篷作舍,鱼羹稻饭常餐也。酒盈杯,书满架,名利不将心挂。

注释

① 橘洲:在南津(今湖南岳阳南)湘水上。
② 纶:钓丝。

题旨

　　描写理想中的渔家生活。上片写秋江美景,下片写日常生活。

标韵

"夜""画""下""罢""舍""也""架""挂"叶八仄。

九疑山,三湘③水,芦花时节秋风起。水云间,山月里,棹月④穿云游戏。 鼓⑤清琴,倾绿蚁⑥,扁舟自得逍遥志⑦。任东西,无定止,不议人间醒醉⑧。

注释

③ 三湘:湘江的三条支流,即漓湘、潇湘、蒸湘。
④ 棹月:月下摇船。
⑤ 鼓:弹。
⑥ 绿蚁:酒名。
⑦ 逍遥:优游自得貌。《庄子》有《逍遥游》篇。
⑧ 醒醉:《楚辞·渔父》:"举世皆浊我独清,众人皆醉我独醒。"

题旨

同前阕。上片写山水间的自在生活,下片表现超然思想。

标韵

"水""起""里""戏""蚁""志""止""醉"叶八仄。

巫山一段云①

古庙依青嶂,行宫②枕碧流。水声山色锁妆楼,往事思悠悠。　　云雨朝还暮,烟花春复秋。啼猿何必近孤舟,行客自多愁。

注释
① 巫山一段云:唐教坊曲名。
② 行宫:帝王出巡时的驻地。这里指楚王庙。

题旨
抒写行经巫山神女庙时的感触。上片凭吊遗踪,下片自伤羁旅。

标韵
"流""楼""悠""秋""舟""愁"叶六平。

南乡子九首

烟漠漠,雨凄凄,岸花零落鹧鸪啼。远客扁舟临野渡,思乡处,潮退水平春色暮。

题旨

抒写旅客思乡情感。

标韵

"凄""啼"叶两平,"渡""处""暮"叶三仄。

归路近,扣舷①歌,采真珠处②水风多。曲岸小桥山月过,烟深锁,荳蔻③花垂千万朵。

注释

① 扣舷:敲击船舷。
② 采真珠处:广东省合浦县有珠母海,为群众采取真珠的所在地。
③ 荳蔻:南方植物,夏日开花。唐杜牧《赠别》诗:"婷婷袅袅十三余,豆蔻梢头二月初。"因之过去文人常称少女为"豆蔻年华"。

题旨

描写岭南风土。

标韵

"歌""多"叶两平,"过""锁""朵"叶三仄。

乘彩舫,过莲塘,棹歌惊起睡鸳鸯。带香游女偎伴笑,争窈窕,竞折团荷遮晚照。

题旨

描写女伴共作水嬉情态。

标韵

"塘""鸯"叶两平,"笑""窕""照"叶三仄。

倾绿蚁,泛红螺④,闲邀女伴簇笙歌⑤。避暑信船⑥轻浪里,闲游戏,夹岸荔枝红蘸⑦水。

注释

④ 红螺:螺蚌壳制成的酒杯。
⑤ 簇笙歌:拥在一堆吹笙唱曲。
⑥ 信船:听任船只自由漂去。
⑦ 蘸:以物沾水。

题旨

描写南方少女的游乐生活。

标韵

"螺""歌"叶两平,"里""戏""水"叶三仄。

渔市散,渡船稀,越南⑧云树望中微。行客待潮天欲暮,送春浦,愁听猩猩⑨啼瘴雨。

注释

⑧ 越南:汉交州地,包括今广东、广西两省及越南国境。
⑨ 猩猩:猿类兽,产南洋苏门答腊、婆罗洲一带。

题旨

描写岭南风土。

标韵

"稀""微"叶两平,"暮""浦""雨"叶三仄。

相见处,晚晴天,刺桐花下越台前⑩。暗里回眸深属意⑪,遗双翠⑫,骑象背人先过水。

注释

⑩ 刺桐:又名海桐。产岭南,叶似梧桐,花附干生,形如金凤。
越台:即越王台。在今广州越秀山上,汉南越王尉佗所筑。

⑪ 回眸:转过眼珠。属意:有心和他要好。
⑫ 遗双翠:故意把她所戴的饰物丢下。

题旨
描写岭南少女的恋爱生活。

标韵
"天""前"叶两平,"意""翠""水"叶三仄。

携笼去,采菱归,碧波风起雨霏霏。趁岸小船齐棹急,罗衣湿,出向枙榔树下立。

题旨
描写采菱少女的天真情态。

标韵
"归""霏"叶两平,"急""湿""立"叶三入。

双髻坠,小眉弯,笑随女伴下春山。玉纤⑬遥指花深处,争回顾,孔雀双双迎日舞。

注释
⑬ 玉纤:形容女子的手,如玉一般洁白细长。

题旨

描写南方少女的娇憨情态。

标韵

"弯""山"叶两平,"处""顾""舞"叶三仄。

　　山果熟,水花香,家家风景有池塘。木兰舟上珠帘卷,歌声远,椰子酒倾鹦鹉盏⑭。

注释

⑭ 椰子酒:椰子酿成的酒。椰子,热带植物。鹦鹉盏:鹦鹉螺壳所制的酒杯。鹦鹉螺产印度洋和菲律宾等处。

题旨

描写岭南农村的美好生活。

标韵

"香""塘"叶两平,"卷""远""盏"叶三仄。

冯延巳

冯延巳(903—960),字正中,又名延嗣,广陵(今江苏扬州)人。在南唐,官至平章事(宰相)。这时正值南唐建国,拥有大江南北一大片的肥沃土地,经济繁荣,促进了文学、音乐、艺术的发展。延巳发挥了他的文学天才,倚声填词,于"花间"派外,自成一种风格。他对北宋初期作家的影响很大。清代刘熙载说:"冯延巳词,晏同叔(殊)得其俊,欧阳永叔(修)得其深。"(《艺概》卷四)近人冯煦又说他的词:"其旨隐,其词微,类劳人思妇羁臣屏子郁伊怆恍之所为。"(《阳春集》序)它的内容是比较丰富的。有《阳春集》传世。

鹊踏枝① 四首

花外寒鸡天欲曙。香印②成灰,起坐浑无绪。庭际高梧凝宿雾,卷帘双鹊惊飞去。　　屏上罗衣闲绣缕。一晌③关情,忆遍江南路。夜夜梦魂休谩语④,已知前事无寻处。

注释

① 鹊踏枝:唐教坊曲名,又名《蝶恋花》。
② 香印:用印模制成香料。元稹《和友封题开善寺十韵》诗:"香印白灰销。"

③ 一晌:极短暂的时间。

④ 谩语:欺骗自己的话。

题旨

　　抒写相思无益的悲苦心情。上片闻鸡起坐,喜信无凭;下片枉自关情,旧欢难觅。

标韵

　　"曙""绪""雾""去""缕""路""语""处"叶八仄。

　　萧索⑤清秋珠泪坠。枕簟⑥微凉,展转浑无寐⑦。残酒欲醒中夜起,月明如练⑧天如水。　　阶下寒声啼络纬⑨。庭树金风⑩,悄悄重门闭。可惜旧欢携手地,思量一夕成憔悴。

注释

⑤ 萧索:萧条衰飒的景象。

⑥ 簟:竹席。

⑦ 展转浑无寐:翻来覆去,简直没法入睡。

⑧ 练:经过煮练洁白的丝织品。

⑨ 络纬:秋虫,俗名纺丝娘。

⑩ 金风:秋风。秋天属金,故云。

题旨

抒写感秋情绪。上片不眠夜起,下片追念前欢。

标韵

"坠""寐""起""水""纬""闭""地""悴"叶八仄。

烦恼韶光能几许?肠断魂销,看却春还去。只喜墙头灵鹊语,不知青鸟全相误。　　心若垂杨千万缕。水阔花飞,梦断巫山路。满眼新愁无问处,珠帘锦帐相思否?

题旨

抒写伤春情绪。上片远信无凭,下片旧欢难再。

标韵

"许""去""语""误""缕""路""处""否"叶八仄。

几度凤楼⑪同饮宴。此夕相逢,却胜当时见。低语前欢频转面,双眉敛恨春山⑫远。　　蜡烛泪流羌笛怨⑬。偷整罗衣,欲唱情犹懒。醉里不辞金盏满,阳关一曲肠千断。

注释

⑪ 凤楼:少妇所居。

⑫ 春山:喻美人眉。

⑬ 羌笛怨:唐王之涣《出塞》诗:"羌笛何须怨杨柳,春风不度玉门关。"

题旨

抒写重逢又别的凄苦心情。上片是再遇时的感怆无端,下片为将别时的缠绵不尽。

标韵

"宴""见""面""远""怨""懒""满""断"叶八霰。

采桑子① 三首

马嘶人语春风岸,芳草绵绵②,杨柳桥边,落日高楼酒旆③悬。　　旧愁新恨知多少?目断遥天,独立花前,更听笙歌满画船。

注释

① 采桑子:唐教坊曲有《杨下采桑》。这个双调小令,该是从中演出。
② 绵绵:相连不断。
③ 酒旆:酒店悬挂的旗形标志。

题旨

抒写离情。上片别时景象,下片别后伤感。

标韵

"绵""边""悬""天""前""船"叶六平。

笙歌放散人归去,独宿江楼。月上云收,一半珠帘挂玉钩。　起来点检④经由地,处处新愁。凭仗⑤东流,将取⑥离心过橘洲。

注释

④ 点检:查考。
⑤ 凭仗:委托。
⑥ 将取:带去。

题旨

上片描写别后凄凉景象,下片感叹愁心难寄。

标韵

"楼""收""钩""愁""流""洲"叶六平。

　　花前失却游春侣,独自寻芳,满目悲凉,纵有笙歌亦断肠。　　林间戏蝶梁间燕,各自双双。忍更思量?绿树青苔半夕阳!

题旨

上片别后心情,下片触景生悲。

标韵

"芳""凉""肠""双""量""阳"叶六平。

酒泉子

　　芳草长川,柳映危桥桥下路。归鸿飞,行人去,碧山边。　　风微烟淡雨萧然,隔岸马嘶何处?九回肠[①],双脸泪,夕阳天。

《酒泉子》（芳草长川）

注释

① 九回肠:思来想去的意思。司马迁《报任少卿书》:"肠一夕而九回。"

题旨

上片别时景色,下片别后痴想。

标韵

"川""边""然""天"叶四平,"路""去""处""泪"叶四仄。

清平乐

雨晴烟晚,绿水池塘满。双燕飞来垂柳院,小阁画帘高卷。　　黄昏独倚朱阑,西南新月眉弯。砌下①落花风起,罗衣特地②春寒。

注释

① 砌下:阶下。
② 特地:分外。

题旨

抒写感春情绪。上片春晴美景,下片触景生悲。

标韵

"晚""满""院""卷"叶四仄,"阑""弯""寒"叶三平。

醉花间

林雀归栖撩乱①语,阶前还日暮。屏掩画堂深,帘卷萧萧雨。 玉人②何处去?鹊喜③浑无据。双眉愁几许④?漏声看却夜将阑⑤,点寒灯,扃⑥绣户。

注释

① 撩乱:相互搅扰。

② 玉人:洁白如玉的情人。

③ 鹊喜:民间相传,听到鹊声,就是一种喜庆的预兆,叫作"灵鹊报喜",见《开元天宝遗事》。

④ 几许:多少。

⑤ 看却:看着。阑:尽。

⑥ 扃:关闭。

题旨

描写少妇怀人的心理状态。上片傍晚凄凉景象,下片失望神情。

标韵

"语""暮""雨""去""据""许""户"叶七仄。

应天长 二首

当时心事偷相许①,宴罢兰堂肠断处。挑银灯,扃朱户,绣被微寒值秋雨。　　枕前和泪语②,惊觉③玉笼鹦鹉。一夜万般情绪,朦胧④天欲曙。

注释

① 偷相许:私订终身。
② 和泪语:带着眼泪自言自语。
③ 惊觉:惊醒。
④ 朦胧,月亮将要西沉的光景。

题旨

抒写失恋心情。上片感旧伤怀,下片不眠到晓。

标韵

"许""处""户""雨""语""鹉""绪""曙"叶八仄。

兰房一宿还归去,抵死谩生⑤留不住。枕前语,记得否?说尽从来两心素⑥。　　同心牢记取⑦,切莫等闲⑧相许。后会不知何处,双栖人⑨莫妒。

注释

⑤ 抵死谩生:用尽心力的意思。

⑥ 心素:内心话。

⑦ 记取:记着。

⑧ 等闲:随便。

⑨ 双栖人:同宿的人。

题旨

诉说恋情。上片临别丁宁,下片寄以热望。

标韵

"去""住""否""素""记""许""处""妒"叶八仄。

谒金门 二首

　　杨柳陌，宝马嘶空无迹①。新著荷衣②人未识，年年江海客。　　梦觉巫山春色③，醉眼花飞狼藉④。起舞不辞无气力，爱君吹玉笛。

注释

① 嘶空无迹：形容马跑得飞快。
② 荷衣：这里比作放浪江湖者的服装。屈原《九歌》："荷衣兮蕙带。"
③ 巫山春色：暗用巫山神女事，喻指男女相会。
④ 狼藉：散乱不整貌。

题旨

抒写恋情。上片慨叹对方的行踪无定，下片表示相爱的热烈。

标韵

"陌""迹""识""客""色""藉""力""笛"叶八人。

　　风乍起⑤，吹皱一池春水。闲引鸳鸯香径里，手挼红杏蕊。　　斗鸭阑干⑥独倚，碧玉搔头⑦斜坠。终日望君君不至，举头闻鹊喜。

注释

⑤ 乍起:突然而起。

⑥ 斗鸭阑干:斗鸭池畔的阑干。自三国吴时起,直到唐、五代,江南一带都有这种斗鸭的游戏。

⑦ 碧玉搔头:绿玉制成的簪子。

题旨

描写少妇伤春的心理活动。上片于景物中动离愁,下片于失望中见希望。

标韵

"起""水""里""蕊""倚""坠""至""喜"叶八仄。

归自谣①二首

何处笛?深夜梦回情脉脉②,竹风檐雨寒窗隔。离人数岁无消息。今头白,不眠特地重相忆。

注释

① 归自谣:道调宫曲。

② 梦回:梦醒。脉脉:含情未吐。

题旨

抒写怀旧心情。上片写凄凉景象,下片写缠绵情感。

标韵

"笛""脉""隔""息""白""忆"叶六入。

春艳艳,江上晚山三四点,柳丝如剪花如染。香闺寂寂门半掩。愁眉敛,泪珠滴破燕脂脸。

题旨

描写少妇伤春情绪。上片阳春美景,下片孤栖生活。

标韵

"艳""点""染""掩""敛""脸"叶六仄。

长命女①

春日宴,绿酒一杯歌一遍。再拜陈三愿②:一愿郎君③千岁;二愿妾④身长健;三愿如同梁上燕,岁岁长相见。

注释

① 长命女:唐令曲,属仙吕调。
② 陈三愿:陈说三个愿望。
③ 郎君:古代妇女对丈夫的尊称。
④ 妾:古代妇女对丈夫或尊长的谦称。

题旨

抒写爱恋心情。

标韵

"宴""遍""愿""健""燕""见"叶六仄。

喜迁莺①

宿莺啼,乡梦断,春树晓朦胧。残灯和烬闭朱枕②,人语隔屏风。　香已寒,灯已绝,忽忆去年离别。石城③花雨倚江楼,波上木兰舟。

注释

① 喜迁莺:双调小令,宋人演成长调。
② 烬:灯花燃成的余烬。朱栊:红色帘子。
③ 石城:在湖北钟祥。古乐府《莫愁乐》:"莫愁在何处?莫愁石城西。艇子打两桨,催送莫愁来。"后来也有人把这石城当作南京的石头城。

题旨

抒写离情。上片不眠情景,下片追怀往事。

标韵

"胧""风"叶两平,"绝""别"叶两入,"楼""舟"叶两平。

抛球乐 二首

梅落新春入后庭①,眼前风物可无情?曲池波晚冰还合,芳草迎船绿未成。且上高楼望,相共凭阑看月生。

注释

① 后庭:后院。

题旨

抒写留连春景的欢娱情事。

标韵

"庭""情""成""生"叶四平。

霜积秋山万树红,倚岩楼上挂朱栊。白云天远重重恨,黄草烟深浙浙风。仿佛梁州曲②,吹在谁家玉笛中。

注释

② 梁州曲:唐舞曲,来自西北边地。

题旨

抒写感秋心绪,情景双融。

标韵

"红""栊""风""中"叶四平。

三台令① 三首

春色,春色!依旧青门紫陌②。日斜柳暗花嫣③,

醉卧谁家少年？年少，年少！行乐直须④及早！

注释

① 三台令：《调笑令》的别名，和六言四句的《三台》有别。
② 青门：古长安城门。紫陌：词章家习用为帝京所在的道路。
③ 嫣：美人娇笑貌。
④ 直须：合该。

题旨

抒写惜春情绪。

标韵

"色""色""陌"叶三入，"嫣""年"叶两平，"少""少""早"叶三仄。

明月，明月！照得离人愁绝。更深影入空床，不道⑤怖屏夜长。长夜，长夜！梦到庭花阴下。

注释

⑤ 不道：无奈或不堪的意思。

题旨

抒写伤离情绪。

标韵

"月""月""绝"叶三入,"床""长"叶两平,"夜""夜""下"叶三仄。

南浦⑥,南浦!翠鬟⑦离人何处?当时携手高楼,依旧楼前水流。流水,流水!中有伤心双泪!

注释

⑥ 南浦:送别的地方。梁江淹《别赋》:"春草碧色,春水绿波。送君南浦,伤如之何!"

⑦ 翠鬟:黑发。

题旨

同前阕。此调作法,开端必须提出引起感情的事物,接着开阖变化,宛转相生,结出不尽之意。

标韵

"浦""浦""处"叶三仄,"楼""流"叶两平,"水""水""泪"叶三仄。

点绛唇①

荫绿围红②,梦琼家在桃源住③。画桥当路,临水双朱户。　　柳径春深,行到关情处。颦不语④,意凭风絮,吹向郎边去。

注释

① 点绛唇:双调小令,最初见于《阳春集》,宋、元词曲都相沿用。
② 荫绿围红:上面荫着绿树,四周围着红花。
③ 梦琼:歌妓名,《词谱》作"飞琼"。桃源:原出陶潜的《桃花源记》,后来习用为神仙所住的地方。
④ 颦不语:皱着眉头没话说。

题旨

描写多情歌女。上片环境之美,下片意态之佳。

标韵

"住""路""户""处""语""絮""去"叶七庆。

李 璟

　　李璟(916—961),字伯玉,史称南唐嗣主或中主。他的父亲李昪,原是徐州(今江苏徐州)人,投在徐温名下做"养子",改名徐知诰。知诰承袭杨行密、徐温的遗业,拥有淮南、江南、江西一带富庶之地。温死不久,知诰篡夺行密幼子溥的大吴国王位,改国号曰唐,复姓李氏,也就是五代时南唐的开国皇帝。璟以二十八岁嗣帝位,在位十九年。他原是一个文人,承袭了小皇帝的地位,因用人不当,抵不住强邻的威胁,先后称臣割地于周世宗(柴荣)和宋太祖(赵匡胤)。临死的那年,从金陵迁都洪州(今江西南昌),常常郁郁不乐,写过"灵槎思浩渺,老鹤忆空同"的诗句。他的词只留下四首。

摊破浣溪沙① 二首

　　菡萏②香销翠叶残,西风愁起绿波间。还与韶光共憔悴③,不堪看。　　细雨梦回鸡塞④远,小楼吹彻⑤玉笙寒。多少泪珠何限恨,倚阑干。

注释

① 摊破浣溪沙:又名《山花子》,唐教坊曲。所云"摊破",就是把《浣溪沙》上、下片七言结句破成七言和三言两句,每片添了三字,因此又叫《添字浣溪沙》。

203

② 菡萏:荷花。

③ 韶光:美好的光阴。憔悴:颜色枯槁。

④ 鸡塞:即鸡鹿塞,在今内蒙古鄂尔多右翼黄河西北岸。《汉书·匈奴传》:"甘露二年,单于入朝归国,汉遣董忠等将骑将六千,又发边郡士马以千数,送单于出朔方鸡鹿塞。"这里借指北周。

⑤ 吹彻:吹罢。

题旨

抒写强邻压境、无计可施的内心伤感。上片用眼前风景起兴。乍见荷花凋谢,荷叶也衰残了。凄冷的西风,也在水面漾起微波。知道秋气渐深,"香销""叶残",也都是不可避免的必然现象,所以加上"愁起"两字。"韶光"承第二句,"憔悴"应第一句。从"西风"想起"韶光"的易逝,从"香销""叶残"想起人生的易老,这是结合作者自己内心的苦闷来说的。下片是感到从北方来的敌人,连梦中也不曾忘却;可是梦醒时那敌人虽然隔得还远,却仍时时刻刻在威胁着自己的国境。深宵细雨,加重苦闷的气氛。在这无可奈何的环境中,听到宫人们吹起了玉笙,只感到特别凄凉,无法开怀。想到这里,千愁万恨,都涌上心来。这满怀悲愤难以述说,只好靠着阑干,发发痴想而已。

标韵

"残""间""看""寒""干"叶五平。

手卷真珠上玉钩,依前春恨锁重楼。风里落花谁是主？思悠悠。　　青鸟不传云外信,丁香空结雨中愁。回首绿波三峡暮,接天流。

题旨

同前阕。上片开帘排闷,依然没法挽救危局;看到风吹花落,自己都作不了主,引起无穷的感叹。下片音信不来,无从推测对方的态度,只有像雨里丁香,愁怀莫展而已！天堑长江,难阻北兵的南渡;想结好西蜀,藉作声援,亦已于事无济。这里面所包含的沉痛心情,应把作者当时的处境深入体会,方可于言外得之。

标韵

"钩""楼""悠""愁""流"叶五平。

李　煜

　　李煜(937—978),字重光,初名从嘉,李璟的第六子。因为几个哥哥都早死了,在他二十五岁的那年,得立为太子。这年六月,李璟死在南昌,他在金陵接了皇位。在位十五年,为宋所灭,俘至汴梁(今河南开封),接受违命侯的封号。后又改封陇西公。四十二岁那年,宋太宗(赵光义)趁他七月七日的生辰,派人用"牵机药"把他毒死。一般称他为南唐后主或李后主。他的文学、艺术修养都很深,工书,善画,尤精音律,曾创作《念家山破》和《振金铃破》等舞曲。他为了要保持小朝廷的皇位,不惜卑辞厚币称臣于宋;自己在宫中和大、小周后过着豪侈的生活,以致国库空虚;又迷信佛法,不留意于军事政治,卒至灭亡。在他被俘后,尝写信给金陵旧宫人,有"此中日夕只以眼泪洗面"(王铚《默记》)的话。因此,他在亡国后写的歌词,是十分沉痛的。近人王国维说:"词至李后主而眼界始大,感慨遂深。"(《人间词话》卷上)这和他的身世是有极大关系的。王辑《南唐二主词》,比较完备。

虞美人① 二首

　　春花秋月何时了,往事②知多少?小楼昨夜又东风,故国③不堪回首月明中!　　雕阑玉砌应犹在④,只是朱颜改⑤。问君能有几多愁?恰似一江春水向东流。

注释

① 虞美人:唐教坊曲,取义于项羽"虞兮"之歌,音节悲凉慷慨。
② 往事:作者过去在金陵做皇帝时的种种事情。
③ 故国:指旧都金陵。
④ 雕阑:雕刻了图案的栏杆。玉砌:玉石铺砌的庭阶。
⑤ 朱颜:红润的脸色。这句是说在拘囚生活中,人也很快变老了。把上一句联系起来看,实质是说自己的江山被别人强夺去了。一切是否都变了样?自己无权过问,只有终日忍受压迫,催促面容憔悴而已!

题旨

自抒国亡后的惨痛心情。上片触景伤怀;下片多忧易老,把满腔难言的悲恨,运以婉曲之笔,越感凄恻动人。

标韵

"了""少"叶两仄,"风""中"叶两平,"在""改"叶两仄,"愁""流"叶两平。

风回小院庭芜⑥绿,柳眼⑦春相续。凭⑧阑半日独无言,依旧竹声新月似当年⑨。　　笙歌未散尊罍在⑩,池面冰初解⑪。烛明香暗画楼深,满鬓清霜残雪思难禁⑫。

注释

⑥ 庭芜:庭前的草。

⑦ 柳眼:刚舒开的柳芽。李商隐《二月二日》诗:"花须柳眼各无赖。"

⑧ 凭:倚靠。

⑨ 当年:从前那个时候。

⑩ 尊罍:古酒器,用陶制或铜铸。

⑪ 解:融化。

⑫ 清霜残雪:喻发白。思难禁:苦闷的心情连自己也控制不住。思,读去声。

题旨

同前阕。上片物是人非之感,下片乐极生悲之叹。"笙歌"二句是"当年"情景。

标韵

"绿""续"叶两入,"言""年"叶两平,"在""解"叶两仄,"深""禁"叶两平。

望江南 二首

多少恨,昨夜梦魂中。还似旧时游上苑①,车如流水马如龙,花月正春风。

注释
① 上苑:皇室的园林。

题旨
追念旧时欢游盛况,不可再得。

标韵
"中""龙""风"叶三平。

多少泪,断脸复横颐②。心事莫将和泪滴,凤笙③休向月明吹。肠断更无疑。

注释
② 颐:下颔。
③ 凤笙:管乐器。古代的笙长四寸,十三簧,参差似凤翼。

题旨
自抒身世之感。

标韵
"颐""吹""疑"叶三平。

清平乐

别来春半,触目愁肠断。砌下落梅如雪乱,拂了一身还满。 雁来音信无凭①,路遥归梦难成。离恨恰如春草,更行更远还生。

注释

① 雁信:借用雁足传书的故事。汉苏武出使匈奴,被拘留十九年之久;匈奴对汉使者说他早已经死了。后来因为有一个同他一起出使的常惠,乘机向汉使者进言,要他们对单于(匈奴的最高统治者)这样说:"汉皇帝偶然在上林苑射下一只雁,它的脚上系着一封用绸子写的书信,说苏武仍旧活在某个湖沼旁边。"这样使得单于无法隐瞒,把苏武还给汉朝了。

题旨

自抒去国伤春的苦闷。上片惜花心事,下片念远情怀。

标韵

"半""断""乱""满"叶四仄,"凭""成""生"叶三平。

喜迁莺①

晓月坠,宿云②微,无语枕频欹③。梦回芳草思依依,天远雁声稀。 啼莺散,余花乱,寂寞画堂深院。片红休扫尽从伊④,留待舞人归⑤。

注释

① 喜迁莺:唐双调令曲,宋人演成长调。
② 宿云:隔宿的云。
③ 欹:斜靠。
④ 片红:一片片的落花。不要把落花扫去,尽管由伊(她)躺在地上。
⑤ 舞人:歌舞伎。颜色如花的美人,看到这片片的落花,该会互相怜惜,引起同情心来的。

题旨

抒写惜春伤别的心情。上片远信不来,下片芳韶易逝。

标韵

"微""欹""依""稀""伊""归"叶六平,"散""乱""院"叶三仄。

乌夜啼① 二首

　　林花谢了春红。太匆匆！无奈朝来寒雨晚来风。　　胭脂泪②，相留醉③，几时重④？自是人生长恨水长东！

注释

① 乌夜啼：唐教坊软舞曲，原出南朝乐府，又名《相见欢》。
② 胭脂泪：着了雨的林花，像美人脸上流下泪来。
③ 相留醉：是说饱经风雨摧残的林花，和作者有"同病相怜"之感；仿佛她也在自己表示同情，彼此依依不舍地自我陶醉一番。
④ 几时重：像这样和落花互相怜惜的机会，什么时候还会再有呢？

题旨

　　自抒亡国后饱经摧折的危惧心情。上片看到林子里的花都谢掉了满含春意的红颜，有开就有谢，原也是自然之理；但是未免太快了一些吧？从早到晚不断的冷雨凄风，又怎能禁受得住呢？下片把落花比作美人，连一滴"同情之泪"的自由，也都难保，那就只有深深感叹人生的不幸而已！

标韵

"红""匆""风""重""东"叶五平,"泪""醉"叶两仄。

无言独上西楼。月如钩。寂寞梧桐深院锁⑤清秋。　剪不断,理还乱⑥,是离愁;别是一般滋味在心头⑦。

注释

⑤ 锁:禁闭。

⑥ 理还乱:刚才整理过,很快又紊乱了。

⑦ 是离愁:说明"剪不断,理还乱"为的是什么。但这万分难堪的境地,"怎一个愁字了得"(李清照《声声慢》)?所以紧接着转出结尾九字,表明这苦闷却是另外一种滋味,只能按在心头而不能说出口来,恰和开首"无言"二字遥相呼应。

题旨

自抒被俘囚禁生活中的惨痛心情。上片只从凄凉景色中映出内心的悲苦,下片转出难言的惨痛。

标韵

"楼""钩""秋""愁""头"叶五平,"断""乱"叶两仄。

破阵子①

　　四十年来家国②,三千里地山河③。凤阙龙楼连霄汉④,玉树琼枝作烟萝⑤,几曾识干戈⑥?　一旦归为臣虏⑦,沈腰潘鬓销磨⑧。最是苍黄辞庙日⑨,教坊⑩犹奏别离歌,垂泪对宫娥⑪。

注释

① 破阵子:唐教坊曲名,一名《十拍子》。唐太宗(李世民)击破刘武周,军中相与创作《秦王破阵乐》曲,用来歌颂他的武功。玄奘法师去印度求佛法时,那位戒日王还问起:"彼支那国有《秦王破阵乐》歌舞曲;奏王何人,致此歌咏?"(《续高僧传》卷四)依据这段记载,可以想见这《秦王破阵乐》曲流传的广远。它本是大套的舞曲。从大曲里面抽出一段来作为清唱的令曲,这是唐、宋教坊中经常有的事情。这《破阵子》的音节,依然保持着激昂的情调。

② 四十句:南唐自李昪建国,在位四年;传嗣至璟,在位十九年;至后主煜,在位十五年;共三十八年,为宋太祖所灭。四十年,约举成数。

③ 三千句:南唐领有今江苏、安徽、江西等地,约三千里。

④ 凤阙龙楼:皇帝的宫殿,上面塑有龙凤图案。阙,门观。霄汉:云汉。汉,天河。这是形容宫殿的高度,仿佛和天河相连接。

⑤ 玉树琼枝：宫内的玩物，用玉石琢成。烟萝：野烟笼罩的兔丝草。这是形容宫中宝物丰富，把玉树琼枝看作野草一般。

⑥ 干戈：古兵器，借指战争。

⑦ 臣虏：被俘虏的臣子。

⑧ 沈腰：用南朝沈约的故事。沈约在给他的朋友徐勉的信中说："百日数旬，革带常应移孔。"意思就是说腰部越来越瘦了。后来把"沈腰"当作形容躯体消瘦的代用语。潘鬓：用晋朝潘岳的故事。潘岳《秋兴赋》序："余春秋三十有二，始见二毛。"意思是说，刚到三十二岁，鬓毛就出现花白了。后来把"潘鬓"二字当作未老先衰的代用语。

⑨ 苍黄：一作"仓皇"，匆促的意思。辞庙：向祖先告别。

⑩ 教坊：教习歌舞的机构。始于唐开元间，下及南唐、北宋，都有设置。

⑪ 宫娥：宫中美貌歌女。

题旨

自抒亡国后的沉痛心情。上片追想当年盛况，下片难忘去国惨景。

标韵

"河""萝""戈""磨""歌""娥"叶六平。

浪淘沙 二首

　　帘外雨潺潺①，春意阑珊②。罗衾不耐③五更寒。梦里不知身是客，一晌④贪欢。　　独自莫凭栏。无限江山，别时容易见时难。流水落花春去也，天上人间⑤！

注释

① 潺潺：雨水声。
② 阑珊：衰谢的意思。
③ 不耐：忍受不了。
④ 一晌：一会儿。这两句是说，只有在做梦的时候，才能忘却自己是在过着俘虏生活，还可以在异常短暂的时间内贪图一些安慰。
⑤ 天上人间：无限江山的别易会难，是属于人事方面的变化；断送春归的落花流水，却属于天时方面的自然现象。把天时和人事联系起来仔细想想，究竟天上、人间，什么地方是自己的归宿呢？许多思想上的矛盾，在无可言说的囚房生活中，只得出以无可奈何的唱叹之音，以寄其无穷悲慨而已。

题旨

　　抒写亡国忧生的悲慨心情。上片以梦里贪欢映出醒时的苦

《浪淘沙》（帘外雨潺潺）

痛;下片追怀故国,感怆万端;结以无可奈何的慨叹。

标韵

"潺""珊""寒""欢""栏""山""难""间"叶八平。

往事只堪哀,对景难排。秋风庭院藓侵阶⑥。一桁⑦珠帘闲不卷,终日谁来? 金剑已沉埋⑧,壮气蒿莱⑨。晚凉天净月华⑩开。想得玉楼瑶殿影,空照秦淮⑪!

注释

⑥ 藓侵阶:青苔暗上庭阶。
⑦ 桁:挂帘子的架子。
⑧ 金剑:用丰城剑气的故事。晋代张华看到斗、牛两星宿间常有一股紫气。当时有个雷焕说是:"宝剑之精,上彻于天。"后来雷焕到了丰城,在监狱屋基下掘出一双宝剑:一名"龙泉",一名"太阿"。
⑨ 壮气蒿莱:豪壮的气概都丢在草莱中了。
⑩ 月华:月亮的光辉。
⑪ 秦淮:南京的秦淮河。这两句是说,自己原来的玉楼瑶殿都交给了别人;冷清清的月色,把它的影子摇漾在秦淮河面,该是何等的凄凉冷落!

题旨

抒写在秋风中追怀故国的怆痛心情。上片全是寂寞悲凉景象;下片抒情后忽然拓开,现出一幅壮阔画面,再融情入景,结以凄壮之音,笔力何等豪迈!

标韵

"哀""排""阶""来""埋""莱""开""淮"叶八平。

菩萨蛮

人生愁恨何能免,销魂①独我情何限!故国梦重归,觉来②双泪垂。　　高楼谁与上?长记秋晴望。往事已成空,还如一梦中。

注释

① 销魂:人们受到意外刺激时,连魂魄都消散了。江淹《别赋》:"黯然销魂者,惟别而已矣!"
② 觉来:醒来。

题旨

抒写追怀故国的沉痛心情。上片表白他的感伤不是一般的离愁别恨;下片感到今昔处境迥然不同,说不尽的伤心忏悔。

标韵

"尽""限"叶两仄,"归""垂"叶两平,"上""望"叶两仄,"空""中"叶两平。

临江仙[①]

樱桃落尽春归去,蝶翻轻粉双飞。子规[②]啼月小楼西。玉钩罗幕,惆怅暮烟垂。　　别巷寂寥人散后,望残烟草低迷。炉香闲袅凤凰儿[③]。空持罗带,回首恨依依。

注释

[①] 临江仙:这词有的说是李煜在金陵围城中作的,还缺最后三句而城已陷落。据陈鹄《耆旧续闻》,说他家藏李氏手写《七佛戒经》和杂书两本中,就有《临江仙》词,只涂注数字,并非不曾完成的作品。宋兵围金陵,达一年之久,或者就是在这

一段时间写的。

② 子规:杜鹃鸟。

③ 凤凰儿:当是一种妆饰品。

题旨

抒写凄凉冷落的苦闷心情。上片说春去后的环境全都变了,下片写束手无策中的感喟。

标韵

"飞""西""垂""迷""儿""依"叶六平。

一斛珠①

晚妆初过,沉檀轻注些儿个②。向人微露丁香颗③。一曲清歌,暂引樱桃④破。　罗袖裛残殷⑤色可,杯深旋被香醪涴⑥。绣床斜凭娇无那⑦。烂嚼红绒,笑向檀郎⑧唾。

注释

① 一斛珠:一名《一斛夜明珠》,又名《醉落魄》。这是李煜前期

的作品。

② 沉檀:两种香料,此指深绛或浅绛的颜色,唐宋时妇女多用来妆点眉端或口唇。注:点上。些儿个:一点儿。

③ 丁香颗:喻舌尖。

④ 樱桃:喻红唇口。白居易《杨柳词》诗:"樱桃樊素口,杨柳小蛮腰。"

⑤ 殷:赤黑色。

⑥ 香醪:美酒。涴:弄脏。

⑦ 无那:无奈。

⑧ 檀郎:夫婿的美称。李商隐《亡日近不去因寄》诗:"今朝歌管属檀郎。"

题旨

描写少女的娇憨情态。上片妆成度曲,下片酒后调情。

标韵

"过""个""颗""破""可""涴""那""唾"叶八仄。

无名氏

凤归云① 二首

闺　怨②

征夫数载,萍寄③他邦。去便无消息,累换星霜④。月下愁听砧杵⑤起,塞雁南行。孤眠鸾帐⑥里,枉劳魂梦,夜夜飞扬。　　想君薄行⑦,更不思量。谁为传书与,表妾衷肠?倚牖无言垂血泪,暗祝三光⑧。万般无奈处,一炉香尽,又更添香。

注释

① 凤归云:唐教坊曲名。柳永《乐章集》中有叶平韵的一种,入仙吕调;叶仄韵的一种,入林钟商调。敦煌写本《云谣集杂曲子》中收《凤归云》四首,字句颇有讹夺,经过许多专家的校订,才勉强可以读通。这里所选无名氏词,都是从任二北《敦煌曲校录》中录出的。

② 闺怨:唐人诗中常有这种题目,用来描述征妇想念征夫的苦闷心情,反映非战思想。

③ 萍寄:像浮萍一般漂泊。
④ 星霜:喻年岁。星宿的位置,跟着地球的运转而递相变移,以一年为一循环。霜到每年天气转寒时下降,所以古人把星霜变换来比年岁改易。
⑤ 砧杵:捣衣的工具。
⑥ 鸾帐:妇人所用的帐子。传说,罽宾国王得到一只五彩的鸾鸟,希望听到它的鸣声,它却始终不开口。国王夫人说:"鸟类看到它的伴侣就会叫的。何不挂一面镜子映出它的身影来试试看?"这只鸾鸟看到镜子里面的形象,想起它的伴侣来,悲鸣一夜,死了。所以古人常把独守空闺的少妇所用器物,加上一个"鸾"字,如"鸾镜""鸾帐"等。
⑦ 薄行:同薄幸,负心的意思。
⑧ 三光:指日、月、星。

题旨

抒写征妇怨情。上片写征夫去后,消息全无,不免引起独守空闺的苦闷;下片写寄书不得,只有祈祷他有朝一日平安回家。

标韵

"邦""霜""行""扬""量""肠""光""香"叶八平。

绿窗独坐,修得君书。征衣裁缝了,远寄边隅。

想得为君贪苦战,不惮崎岖⑨。终朝沙碛里,只凭三尺⑩,勇战奸愚。　　岂知红脸,泪滴如珠?枉把金钗卜⑪,卦卦皆虚。魂梦天涯无暂歇⑫,枕上长嘘。待卿回故里,容颜憔悴,彼此何如?

注释

⑨ 崎岖:道路不平貌。
⑩ 三尺:三尺剑的歇后语。
⑪ 金钗卜:金钗当作卦用,占卜吉凶。
⑫ 魂梦句:说梦向天涯不断地寻找。

题旨

抒写征妇思念征夫的苦闷心情。上片因远寄征衣想起征夫的边疆苦战;下片因归期难卜推想他日归来,难免互伤憔悴。

标韵

"书""隅""岖""愚""珠""虚""嘘""如"叶八平。

洞仙歌①

悲雁随阳②,解引秋光,寒蛩响,夜夜堪伤。泪珠串滴,旋流枕上。无计恨征人,争向金风③飘荡?

　　捣衣嘹亮,懒寄回文④先往。战袍待縫⑤,絮重更熏香。殷勤凭驿使⑥追访。愿四塞来朝明帝,令戍客休施流浪。

注释

① 洞仙歌:唐教坊曲名。《乐章集》分入般涉、仙吕、中吕三调。宋人例叶仄韵,《云谣集》则平仄通叶。

② 随阳:跟着温暖的阳光飞去。

③ 争:怎。金风:秋风。

④ 回文:用晋人苏蕙织锦回文故事,见温庭筠《杨柳枝》注。

⑤ 縫:缝衣。

⑥ 驿使:传递书信的使者。

题旨

描写征妇寄寒衣时的心理状态。上片写秋夜怀人,下片表达因寄寒衣而引起的愿望。

标韵

"阳""光""伤""香"叶四平,"响""上""荡""亮""往""访""浪"叶七仄。

破阵子

莲脸柳眉羞晕①,青丝罢拢云②。暖日和风花带媚,画阁雕梁燕语新。卷帘恨去人。　　寂寞长垂珠泪,焚香祷尽灵神。应是潇湘红粉恋③,不念当初罗帐恩,抛儿虚度春。

注释

① 莲脸:红艳像荷花一样的脸。柳眉:浓翠像柳叶一般的眉。羞晕:懒得涂脂描黛。晕是搽匀的意思。
② 青丝:黑发。云:形容发多。这句的意思是说没有心情再把鬓发梳拢得好看。
③ 潇湘红粉恋:是说她的男人作客湖南别有所恋。

题旨

描写春闺怨情。上片从无心打扮感到景物撩人,更觉薄情郎的可恨;下片因郎君归期无准,疑他别有所恋,耽误了自己的青春。

标韵

"云""新""人""神""恩""春"叶六平。

菩萨蛮 五首

霏霏点点回塘雨，双双只只鸳鸯语。灼灼野花香，依依金缕①黄。　　盈盈②江上女，两两溪边舞。皎皎绮罗光，轻轻云粉妆。

注释

① 金缕：金线般的嫩柳条。
② 盈盈：端丽貌。

题旨

描写春郊景物。上片写物，下片写人。

标韵

"雨""语""女""舞"叶四仄，"香""黄""光""妆"叶四平。

清明节近千山绿，轻盈士女腰如束③。九陌④正花芳，少年骑马郎。　　罗衫香袖薄，佯醉⑤抛鞭落。何用更回头？谩添春夜愁。

注释

③ 腰如束：形容腰细。

④ 九陌:大路。刘禹锡《宣上人远寄贺礼部王侍郎放榜后诗因而继和》诗:"礼闱新榜动长安,九陌人人走马看。"
⑤ 佯醉:假装吃醉了酒。

题旨

描写游春男女的恋情。上片点出时间、地点和人,下片写初恋。

标韵

"绿""束"叶两入,"芳""郎"叶两平,"薄""落"叶两入,"头""愁"叶两平。

清明时节樱桃熟,卷帘嫩笋初成竹。小玉⑥莫添香,正嫌红日长。　　四肢无气力,鹊语虚消息。愁对牡丹花,不曾君在家。

注释

⑥ 小玉:唐大历间有名妓霍小玉,后来就把小玉当作婢女的称呼。

题旨

描写春闺少妇的苦闷心情。上片写时令,下片写心理状态。

标韵

"熟""竹"叶两入,"香""长"叶两平,"力""息"叶两入,"花""家"叶两平。

香消罗幌堪魂断,唯闻蟋蟀吟相伴。每岁送寒衣,到头归不归? 千行欹枕泪,恨别添憔悴。罗带结同心,不曾看至今!

题旨

描写秋闺怀念的苦闷心情。上片从虫吟想起远客,下片从别后追念前欢。任二北先生说:"结处是倒装语。"

标韵

"断""伴"叶两仄,"衣""归"叶两平,"泪""悴"叶两仄,"心""今"叶两平。

自从涉远为游客,乡关迢递千山隔。求宦一无成,操劳不暂停。 路逢寒食节⑦,处处樱花发。携酒步金堤⑧,望乡关,双泪垂。

注释

⑦ 寒食节:冬至后一百五日,叫作寒食节。相传春秋时晋文公

为了纪念介子推,下令国人在他被烧死的那天,禁止生火。
⑧ 金堤:坚牢似铁一般的堤。

题旨

抒写流落他乡的苦闷心情。上片谋事无成,下片看花堕泪。

标韵

"客""隔"叶两入,"成""停"叶两平,"节""发"叶两入,"堤""垂"叶两平。

西江月 三首

女伴同寻烟水,今宵江月分明。舵头无力一船横,波面微风暗起。　　拨棹行船无定止,渔歌处处闻声。连天江浪浸秋星,误入蓼花丛里。

题旨

据任二北先生说,这和下面两首是联章,同咏一事。从它的次第来看,是写一个女子因了丈夫出门,闲着无聊,邀同女伴泛舟散心。第一首是无目的的游玩;第二首又想起她的丈夫来;第三首女伴散去,独自摇橹,不免发出哀怨的歌声。把它综合起来看,是很有意思的。

标韵

"水""起""止""里"叶四仄,"明""横""声""星"叶四平。

浩渺天涯无际,旅人船薄①孤洲。团团明月照高楼,远望荻花风起。　东去不回千万里,乘船正值高秋。此时变作望乡愁,一夜苦吟云水。

注释

① 薄:靠拢。

题旨

抒写对丈夫的关怀。上片推测丈夫所在,下片推想丈夫必然也在思家。

标韵

"际""起""里""水"叶四仄,"洲""楼""秋""愁"叶四平。

云散金乌初吐②,烟迷沙渚沉沉。棹歌惊起乱栖禽,女伴各归南浦。　船压波光摇橹,贪欢不觉更深。楚歌哀怨出江心,正值月当南午③。

注释

② 金乌初吐:太阳刚升上来。
③ 南午:《十二时曲》:"正南午。"

题旨

抒写离开女伴后的凄凉情景。上片夜深人散,下片摇橹独归。

标韵

"吐""浦""橹""午"叶四仄,"沉""禽""深""心"叶四平。

浣溪沙 二首

五里滩头风欲平,张帆举棹觉船轻。柔橹不施停却棹,是船行。　满眼风波多陕约①,看山却似走来迎。子细看山山不动,是船行。

注释

① 陕约:任二北说是"战栗"的意思,王重民校作"闪灼"。

233

题旨

描写山溪行船的特殊感觉。上片顺风扬帆,下片急流看山。

标韵

"平""轻""行""迎""行"叶五平。

浪打轻船雨打篷,遥看篷下有渔翁。蓑笠不收船不系,任西东。　即问渔翁何所有?一壶清酒一竿风。山月与鸥长作伴,五湖②中。

注释

② 五湖:太湖。

题旨

描写逍遥自在的渔翁生活。

标韵

"篷""翁""东""风""中"叶五平。

临江仙

岸阔临江底见沙,东风吹柳向西斜,春光催绽①

后园花。莺啼燕语撩乱②,争忍不思家? 每恨经年离别苦,等闲抛弃生涯。如今时世已参差③。不如归去,归去也,沉醉卧烟霞。

注释

① 绽:开裂。
② 撩乱:相互搅扰的意思。
③ 参差:不齐貌。这里作时运不济解。

题旨

抒写失意文人的悲苦心情。上片因客中春好,引起思家;下片念谋事无成,不如归隐。

标韵

"沙""斜""花""家""涯""差""霞"叶七平。

望江南 二首

天上月,遥望似①一团银。夜久更阑②风渐紧,为奴吹散月边云,照见负心人!

注释

① 似:衬字。

② 更阑:报时刻的更声快要完了。

题旨

抒写对月思夫的幽怨心情。用意极新,语言却很朴素。

标韵

"银""云""人"叶三平。

　　台上月,一片玉无瑕。迤逦③看归西海去,横云出来不敢遮,叆叇④绕天涯。

注释

③ 迤逦:旁行连接貌。

④ 叆叇:云盛貌。

题旨

赞美明月的光辉,不是浮云所能遮掩。

标韵

"瑕""遮""涯"叶三平。

生查子

一树涧生松,迥向长林起。劲枝接青霄,秀气遮天地。　　郁郁覆云霞,直拥高峰际。金殿选忠良,合赴君王意。

题旨

托兴高松,写出英雄气概。

标韵

"起""地""际""意"叶四仄。

雀踏枝

叵耐灵鹊多瞒语①,送喜何曾有凭据?几度飞来活捉取,锁在金笼休共语。　　比拟好心来送喜,谁知锁我在金笼里。愿他征夫早归来,腾身却放我向青云里。

注释

① 叵耐:原是没奈何的意思,引申成为咒骂的话头,像是说可恶的或可恨的。瞒语:欺骗的话。

题旨

描写少妇思夫的心理状态。上片咒诅喜鹊说的不灵;下片作为鹊的对话,很曲折地把那复杂变化的心理表达得恰到好处。

标韵

"语""据""取""语""喜""里""里"叶七仄。

送征衣①

今世共你如鱼水②,是前世因缘。两情准拟过千年。转转计较难,教汝独自孤眠。　　每见庭前双飞燕,他家好自然。梦魂往往到君边。心穿石也穿,愁甚不团圆?

注释

① 送征衣:唐教坊曲名。《乐章集》中有《送征衣》长调,和这首

敦煌留传下来的曲子格式全然不同。
② 鱼水:喻感情融洽。三国时,刘备说过:"孤之有孔明,犹鱼之有水也。"(《三国志·蜀书·诸葛亮传》)

题旨

抒写坚贞的情爱。上片是说暂别出于不得已,下片是说心中坚信必再团圆。

标韵

"缘""年""难""眠""然""边""穿""圆"叶八平。

别仙子①

此时模样,算来似,秋天月。无一事,堪惆怅,须圆阙。穿窗牖,人寂静,满面蟾光如雪。照泪痕何似?两眉双结。　　晓楼钟动,执纤手,看看别。移银烛,偎身泣,声哽噎②。家私事,频付嘱,上马临行说:长相忆,莫负少年时节。

注释

① 别仙子:这个曲名只见敦煌写本,别无可考。

② 哽噎:泣不出声。

题旨

抒写惜别心情。上片是夜起整装时的诸般感触,下片为将晓临别时的依恋情形。

标韵

"月""阙""雪""结""别""噎""说""忆""节"叶九入。